KB093588

푸른사상 산문선 20

꼰대와 스마트폰

하 빈 산문집

푸른사상
PRUNSASANG

꼰대와 스마트폰

꼰대와 스마트폰

1쇄 인쇄 · 2017년 11월 30일
1쇄 발행 · 2017년 12월 5일

지은이 · 하 빈
펴낸이 · 한봉숙
펴낸곳 · 푸른사상사

주간 · 맹문재 | 편집 · 지순이 | 교정 · 김수란
등록 · 1999년 7월 8일 제2-2876호
주소 · 경기도 파주시 회동길(서패동) 337-16
대표전화 · 031) 955-9111(2) | 팩시밀리 · 031) 955-9114
이메일 · prun21c@hanmail.net
홈페이지 · http://www.prun21c.com

ISBN 979-11-308-1243-4 03810

값 16,000원

부산광역시
BUSAN METROPOLITAN CITY
B.D하ス드 부산문화재단
BUSAN CULTURAL FOUNDATION

본 도서는 2017년 부산광역시, 부산문화재단 지역문화예술 특성화지원사업으로
지원을 받았습니다.

미지의 독자에게

"요즘 젊은 것들, 뭘 생각하며 사는지 모르겠어. 맨날 스마트폰이나 들여다보고."

"어른들은 너무 꽉 막혔어. 말이 안 통해. 뻑 하면 꼰대질이나 하고."

위의 두 문장을 읽고 눈치 빠른 독자는 내가 뭘 말하려는지 대충 눈치챘을 것이다. 그렇다. 우리 사회의 또 하나의 갈등, 세대 간의 불통에 관해 얘기하려는 것이다.

기성세대는 이상한 옷(빈티지)이나 입고 요상한 노래(힙합)나 듣고 결혼은 선택이고 집보다 먼저 차를 사는 젊은 것들이 못마땅하고, 젊은이들은 변해버린 세상은 인정하지 않고 자신들의 경험만을 만고불변의 진리로 생각하며 뭘 모르면서 지적질이나 하는 어른들이 못마땅하다. 겉도는 두 세대의 거리는 아득해 보인다. 이러한 갈등의 원인은 어디에 있을까?

몸이 불통이면 동맥경화나 뇌졸중이 생기고, 노사가 불통이면 스트라이크나 사보타주가 생긴다. 작가와 독자가 불통이면 책장을 덮어버리고 정치가 불통이면 탄핵이 야기된다. 이번 제19대 대통령 선거에서 드러난 특징은 지역도, 이념도 아닌 세대 간의 대결이었다.

'요즘 젊은 것들은 버릇이 없어, 우리 때는 안 그랬는데.' 5000년 전 피라미드 유적에 새겨진 문구란다. 세대 차이는 어느 시대나 존재했던 보편적 현상임을 보여준다. 그러나 불과 한 세대 만에 너무나 많은 것이 변해버린 우리의 경우는 좀 심각하다. 얼마나 세상이 빨리 변하면 '쌍둥이 사이에도 세대 차이가 난다.'는 우스갯소리가 있을까. 그러니 부모가 살았던 세상은 아득한 과거가 되어버리고 자식들이 사는 세상은 요지경같이 생소하다. 하여 늘 생각은 따로 놀고 대화는 겉돈다. 둘 사이의 벽은 이질감, 즉 동질성이 없기 때문에 생긴 갭이다. 상대를 설득하거나 이해하려면 먼저 상대를 알아야 한다. 상대를 알려면 상대의 세계에 들어가보아야 하는데 그게 그렇게 쉽지만은 않다.

나는 일흔이 넘었지만 젊은이들과 어울리기를 좋아한다. 그래서 그들의 세계를 조금은 안다. 내 경험을 매개로 두 세대의 간격을 좁혀보고자 하는 의도가 이 책의 주제이다. 내 글을 읽은 대부분의 젊은이들은 내 글에 긍정적이고 수긍하는 편이었다. 옛날 얘기를 하더라도 결코 일방적이지 않아 설득력이 있다는 반응이다. 그동안 시니어들이 많은 글을 써왔다. 그런데 대부분은 과거에의 회상, 추억 등,

자기 세계에만 머물러 있거나 지나치게 현학적이어서 젊은이들에겐 어필하지 못하고 고만고만한 사람들에게만 읽히는 한계를 가졌다. 아무쪼록 이 책이 상대를 들여다보는 통로가 되었으면 좋겠다. 그 통로로 신·구가 오가며 눈도 맞추고 악수도 하면 좋겠다.

서문이 길어졌다. 독자는 벌써 글 읽기의 따분함에 지쳐갈지 모른다. 그러나 여기서 이 글을 접하는 독자에게 딱 한 가지만 부탁드리는 바이다. 각 부마다 세 편, 아니 한 편씩만이라도 우선 읽어달라는 것이다. 그래도 재미나 흥미가 없으면 사정없이 덮어버려도 좋다.

나는 많은 사람들이 읽어주는 글을 쓰고 싶었다. 그래서 생각해낸 조건은 첫째 '재미있게', 둘째 '세대 초월', 셋째 '대중의 공감'이다. 대중문화는 말 그대로 다수의 민중이 향유하는 문화 일반이다. 그래서 글의 대부분은 대중문화를 중심으로 엮어나간다. 내 의도가 적중하여 이왕이면 "책장이 언제 넘어갔는지 모르게 다 읽었네."라는 감상이 나오기를 꿈꾸며 이 책을 엮는다.

2017년

하 빈

작가의 말　　5

제1부　꼰대의 따따부따

제3부 당국화 시절

제4부 아이들에게 물들기

차례

제1부
■

꼰대의 따따부따

．
．
．
．
．
．
．
．
．
．
．
．
．
．
．
．

얼마 전까진 꼰대는 구세대를, 스마트폰은 신세대를 상징하는 단어였지만 지금은 나 같은 늙은이도 웬만큼 스마트폰을 다룬다.

n분의 1의 사회학

"민아, 아부지가 인터넷 동호회 정모에 참석해보려고 하는데 어떻게 생각하노?" 하고 서른한 살인 아들놈한테 의견을 물었다. "아부지도 참, 저도 인터넷 동호회에 가면 노땅(늙은 사람) 취급 받는데 아부지가 우짤라꼬요. 안 가시는 게 좋을 것 같은데요." 한다. 예끼, 불효막심한 놈. 설사 그렇다 하더라도 '아부지, 참석해보세요, 젊은이들이 대부분이지만 그런 곳에 가보면 젊은이들을 이해하는 데 도움도 되고 아부지도 젊어지실 겁니다.' 하면 어디 덧이라도 난다더냐.

쭈뼛쭈뼛 정모 장소에 들어서니 예상대로 내 나이 또래는 한 사람도 보이지 않고 카페지기라는 사람이 꾸벅 목례만 하고 회비부터 내란다. 같은 테이블의 젊은 회원들과 얘기를 나누면서 첫 정모의 서먹함도 어느 정도 가시고 화기애애한 분위기에 조금씩 동화되어 갔다.

"우리 카페는요, 부산 시민을 착한 사람 순으로 가입시킨 것 같아요. 그만큼 회원 모두가 착하고 멋있어요." 어느 기존 여성 회원의 자랑이다.

"'지니내꺼'가 무슨 뜻입니까?" 옆 사람의 닉네임이 적힌 명찰을 보며 내가 묻자 본인은 씩 웃기만 하고 그 옆 사람이 대신 설명을 한다. "우리 회원 중에 혜진이라는 여자 회원이 있어요. 이 친구는 그 혜진이라는 여자 회원의 애인인데요, 혜진이는 내 거니까 다른 사람은 눈독 들이지 말라고 닉네임을 아예 '지니내꺼'라고 지었답니다."

시종 이런 분위기다. 솔직담백하고 유머와 위트가 넘친다. 식사가 끝나고 근처 호프집으로 옮긴 2차까지 해서 그날 정모 일정이 끝날 무렵, 카페지기가 내 앞으로 오더니 아무 설명도 없이 천 원짜리 두 장을 쑥 내민다. 어리둥절해하는 나에게 옆 사람이 "오늘 거둔 회비 2만 원 중에서 1차 2차 경비 쓰고 남은 돈입니다." 하고 설명한다.

서구식 합리주의의 산물이라는 '더치페이'와 'n분의 1'은 젊은 세대는 물론 이제는 청장년들의 모임에서도 흔히 볼 수 있는 셈법이다. 간단명료하고 쿨하며 공평하고 합리적이긴 하지만 계산대 앞에서 저마다 지갑을 열고 식대를 추렴하는 풍경이 어쩐지 나는 아직도 어색하다. 그것은 아마 몸에 배어온 과거의 경험 때문일 것이다.

"니 와 그라노?" "나도 체면이란 게 있는데 이번엔 내가 낼게." "시껍다 마, 저리 비켜라." 계산대 앞에서 두 사람이 서로 계산을 하겠다고 실랑이를 한다. 아마 맨날 신세만 지던 가난한 친구가 미안해서 이번엔 자기가 계산을 하겠다고 하는 모양이다. 형편이 어려움에도 체면 때문에, 자존심 때문에 서로 내겠다고 하는 경우도 있다. 어쨌거나 서구인이 본다면 도저히 이해 할 수 없는, 돈을 서로 내겠다는 이 싸움은 아직도 우리 세대에서는 흔히 보는 풍경이다. 돈을 서로 내겠다고 싸우니 싸움 치고는 참 정겨운 싸움이다. 이 경우 싸움에 이긴 사람이든 진 사람이든 지켜야 할 불문율이 있다. 싸움에 이긴 사람, 즉 여유가 있어 돈을 계산한 사람에게는 진 사람의 자존심에 상처가 나지 않도록 상대를 배려하는 자세가 필요하고 진 사람은 비굴해지지 않고 의연해져야 하는 것이다. 가난하여 번번이 친구의 신세를 져야 하는 쪽은 늘 가슴 한구석에 자격지심의 찌꺼기가 남을 수 있기 때문이다. 조금 더 여유 있는 사람이 그렇지 못한 사람의 몫까지 부담해주는 이런 정서는 요즘 한참 논란이 되고 있는 부자 증세의 순기능적 역할도 한다 하겠다. 이런 정겹고 훈훈한 풍경은 우리 기성세대에겐 오랫동안 몸에 밴 정서이다. 그래서 더치페이나 n분의 1은 우리 또래 친구들 사이에선 아직도 어색하다.

일반적으로 혼용하고 있는 '더치페이'와 'n분의 1'은 약간의 차이가 있는 듯하다. 예를 들어 식당에서 각기 다른 메뉴로 식사하고 각자가 자기가 먹은 가격을 지불하는 것이 더치페이라면 음식, 물건, 서비스 등을 공동으로 소비하고 그 경비를 똑같이 배분해 내는 것이 n분의 1이다. 모임이 잦은 현대 생활의 경비 처리 문제에서 n분의 1처럼 편리한 것도 없다. 그러나 빈부와 상관없이 똑같이 부담해야 한다는 점에서 간접세와 같은 문제점을 내포하고 있다.

간접세는 재화나 서비스를 받을 때 나도 모르게 지불하는 세금이다. 휘발유, 술, 담배, 각종 공연, 가전제품 등 우리가 소비하는 거의 모든 것에 간접세가 포함되어 있다. 가격에 포함되어 있기 때문에 우리가 느끼지 못할 뿐이지 중산층이면 평균적으로 하루 중 몇천 원에서 몇만 원씩을 물고 있다는 통계가 있다. 이것은 부자나 빈자가 균일하게 부담한다는 점에서 불공평한 과세 방법이다. 우리나라 조세 구조는 지나치게 간접세의 비중이 높아 양극화를 해소하는 데 오히려 걸림돌 역할을 한다.

일견 합리적이고 공평해 보이는 n분의 1에도 간접세와 같은 비합리성과 획일적 비정함이 내재되어 있다. 가령 어떤 연유로 연봉 10억 받는 사람과 최저 임금을 받는 사람이 고급 식당에서 회합을 하고 그 비용을 n분의 1로 나눠 10만 원씩 내라고 한다면? 이럴 땐 불공평해지고 비민주적이 된다. 민주주의의 진정한 완성은 소득 재분배에 있다. 우리나라 개인의 자본은 대부분 양반 자본이라 해도 과언이 아니다. 바꾸어 말하면 선대로 부터의 상속에 의한 불로소득 자본이라는 것이다. (당연 예외는 있겠지만) 저간의 조사에 의하면 대부분의 우리나라 젊은이들은 가난한 자가 아무리 노력해도 부자가 되기는 힘들다고 답변했다.

다 함께 잘 사는 사회가 되기 위해서 제일 빠른 길은 부자와 가난한 자가 결혼하는 것이다. 그러나 현실은 정반대이다. 가진 자는 가진 자끼리, 가난한 사람은 가난한 사람끼리, 간혹 부잣집 딸을 가난한 사람에게 시집보내는 경우도 있지만 이 경우도 장래 부자가 될 거라 담보된 사(士) 자 붙은 사위에 한한다. 가진 자는 대부분 부익부의 불로소득으로 힘들이지 않고도 재산이 늘어나고 못 가진 자는 아무리 노력해도 빚만 늘어나며 가난은 대물림되는 사회적 구조이다. 소득 재분배를 할 수 있는 법을 만드는 것은 위정자나 국회의원 등이다. 문제는 그들이 가진 자들이라는 것이다. 국가 복지 정책이 실현되기란 가진 자들의 배려 없이는 역부족이다. 진정한 합리주의란 부담의 균등이 아닌 함께 할 수 있는 기회를 균등하게 주는 것일 것이다.

세상이 아무리 바뀌어도 변하지 않는 가치는 휴머니티이다. 휴머니티는 상대에 대한 배려에서 나온다. 돈이란 수단으로 그 가치를 완성할 수 있다면 얼마나 좋을까. 서구식 합리주의와 우리의 온정주의가 조화를 이룬다면 더 아름다운 인간관계가 만들어지겠다는 혼자만의 개똥철학을 해보는 것이다.

소녀시대, 일본을 홀리다

수년 전 어느 날, 일본은 흥분하고 있었다. TV, 신문, 잡지, SNS 등 모든 매스컴들은 다투어 소녀시대 특집을 내보내고 심지어 국영 방송인 NHK의 9시 메인 뉴스 톱으로 그날 도쿄에서 가진 소녀시대의 쇼케이스 공연을 소개했다. 정치, 사회가 아닌 연예 기사가 9시 뉴스 톱으로 취급된 일은 일찍이 없었던 일이다. 그만큼 소녀시대가 일본의 문화계에 던지는 임팩트가 컸었다는 얘기다. 우리의 자랑스러운 아홉 낭자가 일본을 문화적 충격 속에 빠트린 것이다.

"너무 멋져서 눈물이 다 났어요." "그녀들을 너무 닮고 싶어요." "지금 한국어 공부를 열심히 하고 있어요." "그녀들은 보기 위해 캐나다, 미국, 중국에서 왔어요." 쇼케이스를 보고 나온 팬들의 소감이다.

하나같이 개성 넘치는 미모에다 늘씬한 몸매, 노래면 노래, 춤이면 춤, 연기면 연기, MC면 MC, 못하는 게 없는 그야말로 만능 엔터테인먼트다. 일본의 매스컴들은 모든 구성원들이 여러 분야에서 눈부신 활약을 하고 있는 하이퀄리티 그룹이라고 찬사를 아끼지 않는다. 우리나라 아저씨, 오빠들의 로망에서 이제 세계인의 로망이 되어가는 것이다.

일본이 어떤 나라인가. 고대에서 전근대까지는 우리 문화의 지배를 받아오다 메이지 유신 이후 힘을 길러 우리를 추월한 나라이다. 막강한 경제력을 바탕으로 그들의 문화적 우월성을 세계 만방에 자랑하면서 과거 우리나라에 대한 문화적 예속성을 부끄러워하며 그것을 부정하기 위해 온갖 역사적 왜곡까지 서슴지 않았다(예 : 광개토 대왕비의 왜곡 날조, 임나일본부설 등). 그토록 자부심을 가지는 그들의 과거 문화가 모두 우리로부터 비롯되었다는 점이 얼마나 자존심 구기는 일이었을까. 그러면 우리는 어떤가. 우리가 그들의 스승 노릇을 했다는 사실이 무슨 소용인가. 그것을 이어가지 못하고 이제껏 그들의 영향력 속에서 주눅 들어 살아가는 신세였던 것을.

기실 우리는 일본에 나라를 빼앗긴 그때부터 모든 분야에서 그들의 그늘에서 그들에 기대어 사는 신세가 되고 말았다. 36년의 그들의 점령은 우리를 근대화시켜준 시혜라는 망언을 들어가면서.

해방이 되고 난 후에도 경제는 일본에 빌붙어 성장해야 했고 속없는 우리의 젊은이들은 문학, 음악, 영화 등 그들의 문화에 열광했으며, 사실 뼈아픈 역사의 반전에 가슴 아파하면서도 일본의 우월성을 인정하지 않을 수 없었다.

우리는 그들이 미우면서도 그들의 문화를 받아들여야 했고 그들의 물건을 사 써야 했으며 그들을 흉내낼 수밖에 없었다. 그래, 좋다. 언젠가는 너희들이 우리의 것을 사 쓰고 우리 것을 사 먹고 우리를 닮지 못해 안달하는 날이 꼭 올 것이라고 벼르며 살았다. 지금 우리는 '소녀시대 현상'에서 그 반전의 서곡을 듣고 있는 것이다.

그 징조는 또 있다. 컴퓨터 프로그램 개발회사에 다니는 조카가 일본에 상당 기간 출장을 가는데 이유는 프로그램을 수출하고 사용하는 법을 그들에게 교육하기 위해서라 한다. 그들의 기술을 얻어 쓰기 위해 우리는 얼마나 굴욕적이었으며, 그들은 또 얼마나 거들먹거렸는지 경험한 나로서는 얼마나 통쾌한 일인가. 비록 이제 시작일 뿐이지만.

독도가 우리 땅이라고 백 번 우기고, 당신들 문화의 원류는 우리라고 아무리 입 아프게 떠들어도 무슨 소용인가. 천하가 다 아는 일본군 위안부에 대해서도 오리발을 내미는 그들이다.

언제부터 한류라는 우리 대중문화가 세계 속에 우리의 존재를 각인시키기 시작했다. 동서고금을 막론하고 언제나 그러했듯 역사의 역동성은 젊은이들이 만들어가는 것. 일본의 젊은이들이, 세계의 젊은이들이 바야흐로 소녀시대, 아니 한류의 신드롬에 빠질 준비를 하고 있다. 그들을 닮고 싶어 우리말을 배우고 우리글을 배우고 우리 음식을 찾아 먹고, 우리 제품을 사서 쓰고, 그러다 보면 우리 문화 전반에 대한 관심과 이해가 생기고…… 독도가 왜 우리나라 땅인지 우리의 소리에 귀 기울이게 되고……. 내가 너무 비약하는 것인가?

나같이 과거 일본과의 굴욕적인 역사를 생생히 기억하는 세대는 지금 일본이 우리의 아홉 낭자에 혹해 있다는 사실이 얼마나 통쾌한 일인지 알 것이다. 한류, 이것은 하나의 물꼬이다. 〈겨울연가〉로 촉발된 일본 내 한류는 일본 아줌마들의 과거 향수에 기인한 일시적이고 제한된 센티멘털이라고 폄하한 일본인들이 많았다. 사실 그런 측

면도 있었다. 그러나 이번엔 다르다. 역사의 흐름을 바꾸어놓을 수 있는 젊은이들이 열광하고 있는 것이다. 그것도 팬 층의 90퍼센트가 동성인 여성들이라니 놀랍지 않은가. 젊은 여성이 누구인가. 생활의 패턴을 결정짓고, 패션을 리드하고, 그 시대의 문화를 창조하는 중심 그룹이라고 해도 지나치지 않다. 그들이 이미 소녀시대에 빠졌다면 그다음은 불문가지 아닌가. 상상만으로도 가슴이 후련하고 엔도르핀이 팍팍 솟는 일이다.

한류의 힘은 강하다. 예를 들면 얼마 전 〈리얼체험 세상을 품다〉라는 TV 프로그램의 일환으로 배우 허정민이 단돈 27만 원을 들고 발트 3국(에스토니아, 라트비아, 리투아니아. 1991년 소비에트연방에서 독립)을 여행하던 중 라트비아에서 있었던 얘기다. 지난밤에 노숙을 하고 일정대로 시장을 둘러보는데, 미모의 세 여인이 허정민에게 유창한 우리말로 말을 걸어온 것이다. 놀라운 것은 한국에 한 번도 가보지 않고도 우리말을 이렇게 잘하게 된 것이 한류 때문이란다. 자신이 출연했던 영화까지 기억하고 있었으니 허정민의 감동이야 오죽했을까. 초대받은 그녀들의 집은 K팝, 영화 등 우리나라 CD와 브로마이드로 도배가 되어 있었다. 우리가 잘 알지 못하는 작은 나라에까지 코리아를 각인시켜준 한류의 위력이야말로 경천동지다. K팝으로 대표되는 한류는 한국을 전혀 모르던 사람들에게, 우리도 잘 알지 못하는 나라에까지 한국을 알리는 첨병 역할을 톡톡히 해내고 있다.

한 늙은 범부에게 이렇게 가슴 뿌듯함을 안겨준 한류를 주도하고 있는 우리의 젊은이들. 그들이야말로 우리의 영웅이다. 내로라하는 정치가도 외교관도 기업가도 그 어떤 인사도 해내지 못한 일을 그들

23

이 지금 해내고 있는 것이다.

아베가 아무리 망언을 내뱉어도, 골수 국수주의자들이 혐한(嫌韓) 시위를 해대어도 그것은 오래가지 않을 것이다. 왜냐면 한류의 도도한 물결이 언젠가 그것들마저도 쓸어버릴 것이니까.

헬조선을 생각하다

얼마 전 인터넷에서 KAIST 이병태 교수의 「젊은이들에게 가슴에서 호소합니다」라는 글을 읽었다. 그런데 이병태 교수는 '헬조선'의 개념에 대해 오해가 있는 것 같았다. 교수의 글을 읽어보면 마치 젊은이들의 기성세대에 대한 원망이나 항변쯤으로 생각하는 것 같기에 말이다.

젊은이들에게 가슴에서 호소합니다.

이 땅에 "헬조선"이라고 할 때, 이 땅이 살 만한 정의가 이루어지지 않는다고 욕할 때 한 번이라도 당신의 조부모와 부모를 바라보고 그런 이야기를 해주기 바랍니다.

초등학교부터 오뉴월 태양 아래 학교 갔다 오자마자 책가방 팽개치고 밭으로 가서 김을 배고 저녁이면 쇠먹이를 거두려고 강가로 가고 겨울이면 땔감을 마련하려고 산으로 갔던 그런 분들을 쳐다보면서 그런 이야기를 하시라. 초등학교 졸업하는 딸은 남의 집 식모로 보내면서 울었던 당신의 할머니를 보면서 그런 이야기를 하시라.

대기업이 착취를 한다구요? 한국에 일자리가 없어서, 대학을 나오고도 독일의 광산 광부로 갔고 간호사로 갔던 그래서 국제 미아가 되었던 당신의 할아버지 할머니 시대의 이야기를 물어보고 그런 이야기를 하시라. 지금도 대학을 나오고도 우리나라에 불법 취업을 와서 노동자로 일하는 필리핀과 몽고의 젊은이들을 보면서 이야기하라. 신혼 초에 아내와 어린 자식을 두고 지하 방 한 칸이라도 마련해보려고 중동의 뙤약볕으로, 건설 공사장의 인부로 갔던 당신의 삼촌들을 보고 그런 응석을 부려라. 월남전(戰)에 가서 생명을 담보로 돈벌이를 갔던 당신의 앞 세대를 생각하면서 그런 이야기를 하라. 조금은 미안하고 죄스럽지 않나? 앞 세대의 성취와 피땀을 그렇게 부정하고 폄하하고도 양심의 가책이 느껴지지 않나? …(중략)… 나는 부모 모두 무학(無學)의 농부의 아들이고, 그것도 땅 한 평 없던 소작농의 아들로 자랐다. 중학교 때까지 등잔과 호롱불로 공부했다. 나보다 더 영특했을 우리 누이는 중학교를 가지 못하고 초등학교 졸업하고 공장으로 취업해 갔고 지금까지도 우리 어머님의 지워지지 않는 한(恨)이다. 나는 당신들의 그 빈정거림과 무지(無知)에 화가 난다. 그러니 나보다 더 고생하고 생존 자체를 위해 발버둥쳐야만 했던 나의 앞세대, 내 부모님 세대는 오죽하겠나? 당신들이 아프다고 할 때, 나는 그 유약하고 철없음에 화가 머리끝까지 난다. 당신들이 누리는 그 모든 것들, 스타벅스 커피, 스타크래프트 게임, 해외 배낭여행, 그 어떤 것들도 당신들이 이룬 것은 없다. 당신들은 지금 이 사회를 더 좋은 사회로 만드는 것으로 지금 누리는 것에 보답해야 한다. 우리 세대는 누리지 못했기에 당신들이 누리는 것을 보는 것으로 행복할 따름이고 부러울 따름이다. 그러나 당신들에게 조롱받을 아무런 이유는 없다. 당신의 앞세대는 그저 물려받은 것보다 몇십, 몇백 배로 일구어 넘겨준 죄뿐이고 당신들에게 인생은 원래 고달픈 것이라는 것을 충분히 알려주지 못한 것뿐이다. 사기꾼들이 이 나라 밖 어디에 천국이 있는 것처럼 거짓을 전파할 때 미리 막지 못한 죄뿐이다. 당신의 부모들이 침묵하는 것은 어이가 없거나, 말해도 못 알아듣거나, 남보다 더 해주고 싶다는 한(限)없는 자식에 대한 애정의 표현이지 당신들의 응석이 옳아서가 아니다. 그들은 속으로 울화통이 터지거나 울고 계실 것이다. 나는 그렇다.

'헬조선'은 앞세대의 성취와 피땀을 부정하거나 폄하하는 말도, 대기업이 착취한다는 말도, 기성세대에 대한 조롱의 말은 더더욱 아니며 젊은이들의 전유물도 아니다. 지구 반대편 어디에서 발생한 작은 사건도 실시간으로 접속되는 세상에 나라 밖에 천국이 있다는 말을 믿고 젊은이들이 헬조선을 외친다고 생각하는 것은 참으로 우습다. 헬조선은 점차 심화되어가는 대한민국이라는 나라의 부조리를 온몸으로 경험한 사람들의 분노와 절망의 표출이라 보아야 할 것이다.

10년 전 일이다. 그 당시는 나환자촌이 있던 오지였지만 그곳에 세계적인 해양 휴양 도시, 경전철, 각급 학교, 직선 도로망, 고급 설계 등을 내세워 당시 시세의 두 배의 분양가로 모 굴지의 건설사에서 아파트를 분양했다. 누구나 혹할 수밖에 없는 근사한 선전 책자와 동영상으로 수분양자를 불러 모았다. 우리 부부는 공기 좋고 환경 좋은 곳에서의 노후를 생각하며 34평짜리를 분양받았다. 그러나 해양 도시, 경전철은 불가능한 것이었고 학교, 도로망, 자재 등도 약속대로인 부분은 한 곳도 없었다. 3000세대 중 1800세대가 약속대로 시공하지 않으니 계약을 파기하고 계약금을 돌려달라고 소송을 제기했다. 10년을 끌던 소송이 수분양자의 패소로 끝났다. 두 배의 분양금을 받으며 약속한 모든 것이 불이행 되었기에 수분양자 어느 누구도 패소하리란 생각은 꿈에도 하지 않았다. 약속을 어긴 건설회사엔 허위 광고에 대한 경고가 전부였다. 우리는 서민에겐 거금인 계약금을 떼이고 위약금까지 물었다. 대한민국 사법부에 대한 분노로 가슴이 터지는 줄 알았다. 우연이었을까? 10년을 끌던 소송이 경제사범으로 감옥에 있던 그 그룹의 총수가 대통령 사면으로 풀려나던 날, 하필 그날 무슨 출소 선물을 안기듯 우리의 패소이자 건설회사의 승소로 판결이 났다. 수감 중인 많은 대기업 총수 중에서 오직 그만 사면을 받아 당당하게 출감하였다. 우리 소송을 맡았던 로펌은 있을 수 없는 판결이 나왔다고 한탄했다. 그들의 약속을, 굴지의 재벌그룹의 약속을 의심 없이 믿었던 순진함이 치른 대가치곤 너무나 참담했다. 돈과 권력의 힘이 유감없이 발휘되는 순간이었다. 그 판결을 받아본 우리 대부분은 이 나라를 떠나고 싶은 심정이라고 했다. 그때 많은 사람은 헬조선이란 단어를 떠올렸을 것이다.

합격하고도 강자인 불합격자에게 자리를 강탈당한다면, 죄 없는 사람이 힘있는 사람의 죄를 뒤집어쓴다면, 폭력을 당하고도 힘없다는 이유로 오히려 가해자에게 빌어야 한다면, 어른들의 말만 믿고 선실에 있다가 죽임을 당한 아이들을 생각한다면, 아무리 몸부림쳐도 강자독식의 세상을 어쩌지 못할 때, 그대도 '헬조선'을 떠올릴 것이다. 헬조선은 소위 자유민주주의 국가라는 이 나라에 살면서 인간의 존엄과 평등과 법은 가진 자들만의 것이라는 사실을 뼈저리게 경험한 사람들, 어디 기댈 데 없는 힘없고 배경 없는 가여운 자들의 절망의 끝에서의 외침인 것이다. 헬조선이란 용어는 부정적 의미로 쓰이는 말임엔 틀림없다. 그러나 그 말이 생성된 원인을 생각하면 불온하게 생각하거나 백안시할 것만은 아니다. 저간의 박근혜 정부의 진면목이 드러나면서 왜 박근혜 정부 때부터 이런 자조적인 신조어들이 확산되었는지, 부조리의 씨앗이 어디에서 비롯되었는지 조금은 짐작이 간다.

그런데 왜? 이병태 교수는 기성세대에 대한 젊은이들의 불만쯤으로 생각했을까? 젊은이들이 부모 세대의 질곡을 알아주지 않는다고 그들을 질책하는 것이 옳은 일일까? 정보의 바다에 사는 그들이 우리 시절의 질곡을 왜 알지 못하겠는가. 단지 우리 때와 지금의 절망의 기준이 다를 뿐이다. 우리 때는 굴욕도 불평등도 먹고살기 위해 필요하다면 참아내기도 했지만 지금의 젊은이들은 다르다. 그들의 기준에서 도무지 용납되지 않는다고 생각할 때, 그 원인이 국가나 사회에 있다고 생각할 때, 그들은 당당하게 헬조선을 외치는 것이다. 그것은 이 국가와 사회에 대한 항변이기도 하지만 자신에 대한 카타르시스일 수도 있는 것이다.

부모들이 질곡을 견딘 것은 우리의 자식들은 풍족하고 행복하게 살았으면 하는 소망이 있었기 때문이다. 세상에서 제일 듣기 좋은 소리는 제 논에 물 들어가는 소리와 새끼 입에 밥 들어가는 소리라 했다. 부모는 그런 심정으로 그런 세월을 견뎠으며 지금 현재 그 소망이 이루어진 것으로 충분하지 않은가. 구구절절 질곡의 세월을 나

열하는 것은 일종의 보상심리 아닌가. 밑도 끝도 없이 우리는 이렇게 살았는데 너희가 그럴 수 있느냐 식이면 오해와 갈등만 유발할 뿐이다.

오늘날 우리 사회가 가진 큰 문제점 중 하나가 상대적 빈곤과 상대적 박탈감이다. 군이 금수저, 흙수저를 논하지 않아도 우리 사회는 너무 많은 불평등이 존재한다. '노오력'만 강조하지 말고 우리는 그들의 절망의 변을 먼저 들을 필요가 있다. 그리고 그들의 입장에서 문제점을 바라보는 아량도 있어야 한다. 윗대의 힘겨웠던 사연들은 들추어 들려줄 것이 아니라 그들 스스로 궁금해서 물어오게 하는 슬기로움이 필요한 것이다. 본래 상대에게 관심이 있으면 상대의 모든 것이 알고 싶어진다. 따라서 그들의 애인이나 친구 같은 존재가 될 수 있다면 자연스레 옛날 얘기도 할 수 있을 것이다. 그렇게 세대의 벽을 먼저 허물고 나면 진정한 공감과 소통이 이루어질 수 있다. 젊은이들을 탓하기 전에 이 땅에 진정한 민주주의가 회복되고 부조리가 사라진다면 헬조선이란 말도 사라질 것이다. 젊은이여! 좌절과 절망은 인생의 벗이라! 마지막에 승리하는 자가 진정한 승리자임을 잊지 말자.

냉무와 앤

14년 전을 클릭한다. 컴퓨터를 배우고 처음으로 인터넷 카페에 가입했을 때다. 게시판 글 제목 말미에 '냉무'라는 단어를 보고, 차가운 무라는 뜻인가? 아니면 어느 님의 닉네임인가? 본문에 들어가 보면 궁금증이 풀리겠지. 그런데 얼레, 본문 읽기 클릭을 해보니 내용이 하나도 없네, 사람 싱겁긴……. 그러다 또 한 번 냉무라는 단어를 발견하곤 이번에야말로……. 그러나 얼렐레! 이번에도 본문이 있어야 할 자리는 텅 빈 공간이었다. 그때 섬광처럼 스치는 생각. 아하! 바로 이거구나, '내용 무' 줄여서 '냉무'.

이런 일도 있었다. 게시판 글 제목 '앤을 구합니다.' 이걸 본 순간 생각하기를 아하! 몽고메리의 소설『빨간 머리 앤』, 그 책을 찾는 것이겠구나, 아니면 영화로도 만들어졌으니까 그 영화 CD 같은 걸 찾는 것이겠지 하고 본문 읽기 클릭. 허걱 이럴 수가……. 그 '앤'이 빨간 머리 앤이 아니고 '애인'의 약자였다니…….

이러한 시행착오와 황당한 일들을 겪으며 나도 차츰 인터넷 언어

31

와 친숙해져갔다. 이제는 강추, 즐감, 악플, 정도는 기본이고 출첵, 깜놀, 광클, 베이글녀 등도 예사로 쓴다. 워드 칠 때 두 자를 한 자로, 넉 자를 두 자로, 때론 긴 문장을 몇 자로 줄여서 표현하니 편하기도 하고 재밌기도 했다. 그러나 지못미, 손까발, 넘사벽, 화떡남, 여병추, ㅃ2, ㅅㄱ, ㅎㄷㄷ쯤 오면 질리기 시작한다. 특히 요즘 중학생들의 인터넷 언어는 상상을 초월한다. 오죽하면 외계어라고 할까? 인터넷 언어는 그렇다 치고 다음을 보자.

여름방학도 끝나고...개학이 다가온다..-_-^ 막판이라고 칭구라는 지지바들은 경포대다 해운대나 정동진이다.. 저 멀리 훌쩍 떠나서 남자들은 하나씩 끼고서 낄낄 대고 있는데.. 나는 꽃다운 나이 18세에 방구들에 쳐박혀 컴퓨터나 하고 있으니.-_-^

ㅇㅏ!다모임! 마지막으루 떠오른 나에 다크호쓰! 다모임...^0^

"도일여고학생들 다봐라~" 라고 써진 글! 그글 옆으로 시선이 돌아갔다! "지은성"

나에 감이 맞다면..저 이름 남자다..-_-.으흐흐흐.*0* 근데..머야..이거..-ㅇ-..

"너네 시내에서 면상좀 들이밀지마라! 알긋냐~~열받냐?그럼 리플달어라~~ㅋㅋㅋ"

그랬다..우리 학교...과천에서 공부 잘한다고 소문난 핵교다.. 그러니 당연히..학생들은 이런스타일을 고집했다-_- 두발자유임에도 불구하고 귀밑으로 단정히 넘긴머리(앞머리와 함께) 펑퍼짐한 교복치마...줄줄흐르는 윗마이.. 70퍼센트 가량은 안경착용-_-... "즐팅~" 그래도 이건 넘,,,,열받는ㄷㅏ!!!!!!!!!!!!! ㅇㅏ아 악! 씨바!! 나는 이래뵈도 다혈질이다.

위의 글은 10여 년 전, 장안의 화제가 되었던 여고생 인터넷 소설가 귀여니(이윤세)의 소설『그놈은 멋있었다』의 도입부의 일부이다. 아무리 한글 파괴가 인터넷 세대 소통 방식의 특징이라 하지만 이건 너무 심하다. 그래도 명색이 소설 아닌가? 대화 부분은 또래 언어 생활의 리얼리티를 살리기 위해 그렇다 치자. 서술문까지 이런 식이어야 하는가. 한글 파괴는 차치하고 글의 경박함에 입이 딱 벌어진다.

본인의 고백처럼 낙서처럼, 장난처럼 썼다는 이 인터넷 소설이 당시 낙양의 지가를 올릴 만큼 히트를 쳤다. 하지만 철저히 무시된 맞춤법, 이모티콘 남용, 일본 만화와 우리 조폭 영화를 적당히 믹스한 것 같은 스토리 전개. 문학적 향기라곤 어느 한 곳 찾아볼 수 없는 저속한 문장. 그럼에도 단행본으로 출간된 그녀의 소설들은 날개 돋친(?) 듯 팔리고 속속 영화화되었다(책으로 출간할 때는 상당히 정화되어 나온 걸로 알지만). 이러한 사회현상은 분석해봄 직하나 지면 관계로 여기서는 줄인다.

그녀가 특별 전형으로 성균관대 입학이 결정되었을 때, 많은 재학생들이 한글 파괴와 저급 문학의 주범을 입학시킬 수 없다고 크게 반발했다는 걸 보면 요즘 젊은이들이 모두가 그녀의 소설에 열광하는 건 아니란 걸 확인할 수 있어 그나마 위안이 되었다.

이제 와서 묵은 일을 거론하는 것은 두 가지 이유에서다. 한글에 대한 자부심과 점점 망가져가고 있는 우리말의 순화이다.

한글의 우수성은 이제 국제사회가 인정하는 바다. 옥스퍼드대학에서 세계 모든 문자의 우수성에 대해 순위를 매겼는데 1위가 한글이다. 세계 문화 대회, 문화 올림픽 등에서 문자 부문 연속 1위를 차지하고 유네스코 세계기록유산에 등재된 한글, 세계의 유수한 언어학자들이 한글만큼 우수한 문자가 없다고, 한글이야말로 모든 언어가 꿈꾸는 최고의 알파벳이라고 칭송하는 한글. 모바일상에서 같은 의미의 문장을 전달하는 데 한글은 영어, 일어, 중국어에 비해 7~10배가량 빠르다고 한다. 언젠가 한글이 영어를 제치고 세계 공용어가 될 날이 꼭 올 것이다.

한편 그런 한글이 우리의 현실 속에서는 굴욕을 겪는 느낌이다. 전전 정권이 들어서면서 마치 우리는 영어 공화국이 된 것 같은 기분이었다. 한글의 연구, 발전은 뒷전이고 영어를 모르면 인간이 아니란 듯 온 나라가 영어 광풍에 휩쓸렸다. 그런 와중에 한글은 위의 소설에서 보듯 너덜너덜해진 느낌이다. 우리 문화가 어떻게 이렇게 빨리 발전했으며, 짧은 기간 안에 문맹률 제로를 이룩할 수 있었는지를 생각하면 한글을 이렇게 푸대접할 수는 없는 것이다. 거기다 더 기막힌 일도 있다.

일상이나 심지어 방송에서도 예사로 쓰고 있는 말 중에 '땡깡'과 '무뎃뽀'가 있다. 아이가 고집을 부리거나 떼를 쓸 때 "제발 땡깡 좀 부리지 마라."고 하는 그 땡깡은 일본어 癲癇(てんかん)으로 간질병, 즉 지랄병이란 뜻이다. 이렇게 흉한 말을 우리는 생각 없이 귀여운 아이들에게 예사로 쓰고 있는 것이다.

무뎃뽀는 일본어 無鐵砲(むてっぽう)이다. 칼로만 싸우던 사무라이 시대. 서양에서 처음으로 뎃뽀, 즉 소총이 들어왔다. 칼과 총이

싸우면 어떻게 되겠는가? 총의 위력을 모르는 무사는 총 앞으로 달려들다 총탄을 맞고 쓰러진다. 총도 없이 총과 싸우겠다는 무모한 행동을 이르는 이 말은 無鐵砲, 즉 총이 없다는 뜻이다.

이렇게 일본의 역사적 유래를 가진 일본어가 버젓이 우리말처럼 일상과 방송에서 쓰이고 있으니 참으로 개탄할 일이다. 나아가 한글을 바로 쓰는 것도 중요하지만 아름답고 우아한 우리말도 많이 찾아 써야겠다. 윤슬, 미리내, 다솜, 볕뉘, 우듬지, 꽃다지, 푸서리, 숫눈, 보늬, 새물내 등 얼마나 살갑고 아름다운가. 또한 네티즌을 누리꾼으로, 리플을 댓글로, 엠티를 모꼬지로, 되도록 외래어도 우리말로 바꾸어 쓰는 노력도 해야겠다. 갈고 닦아 더욱 빛내야만 할 우리 한글을 막상 당사자인 우리는 그 자랑스러운 유산을 예사로 여기는 것 같아 안타까울 뿐이다.

나는 젊어봤다

내 나이 일흔이여. 살다 보니 별 꼴을 다 보는구먼. 요즘 젊은
것들 눈엔 어른은 없어. 담배 피우는 학생 꾸짖으면 두 눈 동그랗
게 뜨고 달려들 태세지. 며느리는 시부모 잔소리 듣기 싫어 오만
상을 찌푸려. 어제는 글쎄 지하철에서 이런 일도 있었어. 웬 이쁘
장한 아가씨가 미니스커트를 입고 노인석에 턱 앉더라고. 그러더
니 눈을 감아, 졸리지도 않으면서. 10분쯤 기다리다 무릎을 툭툭
쳤지. "할아버지, 돈 내고 탔어요." 하더라고. 싸가지가 하도 없어.
"너는 돈 내고 타는 나이지? 나는 돈 안 내고 탄다. 여긴 돈 내고
앉는 자리 아니여." 그제서야 자리를 일어나데. 쯧쯧, 말세야. 우
리 젊을 땐 안 그랬어. 우리가 처음부터 늙었는 줄 알지? 한창 불
타오를 때도 있었어. 저거는 뭐 평생 젊을 줄 알지.

위의 글은 항간에 떠도는 어느 노인의 넋두리다. 우스갯소리로
넘길 수도 있겠지만 적잖은 사회적 시사점을 내포하고 있다. 첫째는
젊은이들의 어른에 대한 공경심이 없다는 것이고, 둘째는 어른들 또

한 젊은이들의 행동을 고깝게 본다는 것이다. 셋째는 결국 신·구세대는 서로를 이해의 대상으로보다는 대결의 상대쯤으로 본다는 점이다. 내가 카페 정모에서 젊은이들과 교류하던 중 자연스럽게 이런 문제에 대해 의견을 나눌 기회가 있었다. 그들의 얘기 중 기억에 남는 것은 그들이 제일 곤혹스럽게 여기는 것 중 하나가 아버지를 존경할 수 없다는 것과 대화와 소통이 되지 않는다는 것이었다. 특히 현직에서 물러난 아버지들은 갑자기 주어진 많은 시간들을 바람직한 곳에 쓰지 못하고 술 마시기나 화투 치기, 개중에는 바람을 피우는 아버지도 있다는 것이다. 거기다 자기는 제대로 못하면서 자식들에게 잔소리만 해댄다는 것이다. 그때 내가 그들에게 들려준 얘기가 있다.

60대에게 취미가 뭐냐고 물어보면 선뜻 대답할 수 있는 사람이 그다지 없을 것이다. 확실한 취미를 가진 사람이 많지 않기 때문이다. 인간의 인격은 20대 후반까지 성장하며 그 이후로는 고착화된다. 성격, 습관, 가치관, 이 모든 것이 30대 이후로는 성장도 멈추고 변화되기도 어려워진다는 것이다. 그럼 지금의 60대의 유년기와 청년기는 어떤 조건이었을까?

해방 후의 혼란과 6·25의 폐허 속에서 호구지책이 생존의 최대 명제였다. 그때의 생활의 어려움은 일일이 열거하자면 구차스러워진다. 그대들도 매스컴이나 역사의 흔적에서 표피적이나마 알고 있으리라 본다. 선택된 소수는 대학을 가고 대부분은 직업전선, 즉 돈 벌러 나선다. 지금은 잔업수당을 두 배, 세 배 준다고 해도 시간 외일을 하고자 하는 사람이 거의 없다고 한다. 그러나 그 시절엔 거의 매일 잔업을 하다시피 했고 밤샘 특근, 일요일 특근(일요일이나 휴일의 개념도 없었지만)이 비일비재다. 때로는 한 달 내내 하루도 쉬지 않고 일한다. 잔업을 많이 하기 위해 작업반장에게 뇌물 공세도 편다. 한 푼이라도 더 벌어 자식 굶기지 않고 대학도 보내기 위해서다. 그때가 박정희 시대의 산업 발전기이며 지금 60대의 젊은 시절이다. 취미 생활을 하려면 돈과 시간이 필수 조건이다. 깨어 있는 대다수의 시간을 빵을 얻기 위해 송두리째 투자해야 하는 그 시절을 보낸 60대에겐 취미는 사치일 수밖에 없었다.

흔히 70년대의 눈부신 경제성장을 '한강의 기적'이라고 말한다. 그러나 그 한강의 기적은 60대의 무취미의 무덤 위에 쌓아 올린 금자탑이라고 감히 말하고 싶다. 취미도 젊었을 때부터 몸에 붙여놓아야 쉽지 늙어서 뭘 배운다는 것이 그리 쉽지 않다. 반면 술 마시고 화투 치고 바람 피우는 것은 배우지 않아도 할 수 있으니 취미 아닌 취미가 된다. 가정에서 '보릿고개' 같은 옛날 얘기를 하면 자녀들은 "또 그 얘기" 하고 고개를 저으며 부모들과는 대화가 통하지 않는다고 한다. 부모들의 얘기는 지금 세대와 동질성이 없기 때문에 흥미와 공감을 얻지 못하기 때문이다.

그러나 젊은이여! 자청하여 부모들의 소싯적 얘기나 어려웠던 시절 얘기를 들려달라고 부탁하여보라. 그리고 그 얘기들이 비록 재미나 흥미가 없을지라도 때로는 맞장구도 치면서 관심을 가지는 자세로 들어보라. 가능하면 자주. 보잘것없는 과거일지라도 누구에게나 추억은 아름답고 소중한 것. 그 추억을 자랑스럽게 얘기하고 들어줄 누군가, 그 누군가가 자녀들일 수 있다면 그는 행복하리라. 그러면 그때부터 얼었던 부모들의 마음이 녹으며 평생 고생을 보상받는 기분이 들 것이다.

어지러울 정도로 빠르게 변해가는 사회 환경을, 가치관을, 젊은 풍속도를 고착된 기성의 잣대로는 이해하는 데 한계를 느낄 수밖에 없다. 젊은이여! 그러니 많이 배우고 폭넓은 사고를 하고 광범위한 사회활동을 하며, 또한 명석한 그대들이 기성을 이해하고 다가가보라. 그래서 꽉 막힌 듯한 기성의 사고방식을, 수긍은 못 하더라도 이해하려고 노력하라. 혹자는 용돈 두둑이 드리는 게 최고의 효도라고 생각한다. 그러나 진정한 효도는 자식들을 위해 희생한 세월들을 알아주는 것이다. 더불어 소통은 이루어지고 가정은 화목해질 것이다. 그럴 때 넌지시 부모님께 맞을 어떤 취미를 권해드려보라.

내 얘기가 끝났을 때 대다수의 젊은이들은 고개를 끄덕끄덕 수긍하는 눈치다. 내 말에 대한 긍정적인 반응을 보며 그동안 그들에게 다가가며 애썼던 내 노력이 헛되지 않았던 것 같아 기뻤다.

항간에는 이런 말도 회자되고 있다. "너 늙어봤냐? 나는 젊어봤다." 겉으로는 못마땅한 젊은이에게 핀잔하는 말쯤으로 알겠으나 어쩌면 젊음에의 그리움과 늙어감의 서글픔에 대한 스스로의 위안의 말이 아닐까 생각한다. 박범신의 동명 소설을 영화화한 〈은교〉에서 주인공 이적요의 대사에 이런 말도 있다. "너의 젊음이 너의 노력으로 얻은 상이 아니듯, 나의 늙음도 나의 잘못으로 받은 벌이 아니다."

젊은이여! 세월은 살같이 빠르다. 눈 한 번 감았다 뜨면 그대들도 늙어 있으리라. 그러니 그대들은 지금부터 대비하라. 주름진 얼굴로 감당해야 할 긴 시간을 위하여.

가수 이름 맞나?

15년 전을 클릭한다.

언젠가 차를 타고 가다 라디오를 켜자 막 음악이 끝나고 "자전거 탄 풍경의 〈둔치〉였습니다." 하는 MC의 멘트. 나는 속으로 '저 MC 실수하는구먼, 둔치의 〈자전거 탄 풍경〉이겠지.' 그리고 몇 달 후 다른 프로에서 "자전거 탄 풍경의 〈담뱃가게 아가씨〉였습니다." 한다. 그때야 나는 내가 오해했음을 알 수 있었다.

그때까지만 해도 대다수 가수이름은 김건모, 이승철 이런 식이었으니 마치 시의 한 문장 같은 〈자전거 탄 풍경〉이 노래 제목이라면 몰라도 가수 이름일 줄은 미처 몰랐기 때문이다. 그에 비해 요즘의 가수 이름을 보면 격세지감을 느낀다. 〈뮤직뱅크〉 등 음악 프로그램을 보면 티아라, 시크릿, 인피니트, 샤이니 등 분명 우리 가수인데 이름은 온통 영어 이름이다. 박아무개, 김아무개 식의 정통 우리이름은 고사하고 한글 이름조차 찾기 힘들다. 그래도 이들은 단어가 가지는 의미가 있어 좀 낫다. B1A4, f(x), AOA. 이것은 숫제 알파벳의 조합이다. 그런데 이 알파벳의 의미를 알고 보면 엉뚱하고 재미있는 구석도 있다. 멤버 다섯 명 중 B형이 한 명이고 A형이 네 명이라서 B1A4, x의 값에 따라 f의 결과가 변하는 수학 기호처럼 다양한 끼를 보여준다는 f(x), 천사 중에서도 으뜸 천사(Ace of Angels)라는 AOA. 쉰세대인 내 상식으로는 좀 심하다 싶으면서도 이러한 영어 이름을 두고 가수들만 나무랄 일도 아니다.

영어 이름 짓기는 훨씬 전부터 글로벌 시대에 발맞춘다는 핑계로 기업들이 먼저 시작했다. 럭키금성은 LG, 선경은 SK, 제일제당은 CJ, 심지어 국영기업인 토지주택공사는 LH, 한국담배인삼공사는 KT&G다. 이렇게 기업이나 국가기관까지 앞 다투어 영어식 명칭들을 채용하니 글로벌 무대의 첨병인 우리 K팝 가수들이 영어식 이름을 짓는다고 어떻게 그들을 탓할 수 있으랴.

한편 요즘 잘나가는 작곡가의 이름을 보면 한 술 더 뜬다는 느낌이다. '이단옆차기' '용감한 형제들' '신사동 호랑이' 등. 이거야 원, UFC 격투기 선수 이름도 아니고 이름에서 풍기는 도전적이고 전투적인 이미지가 도무지 음악인으로서는 어울리지 않는 이름들이다. 그럼에도 이런 이름들이 통하고 나아가 당당히 성공의 길을 걷는 걸 보면 우리 사회도 어지간히 열린 사회가 됐다는 느낌이다. 그래도 이들은 순수 우리말이라서 그나마 다행이라는 생각이다. 가수든 작곡가든 참 대단한 사람들이다. 앞으로는 또 얼마나 기상천외한 이름들이 등장할지 걱정 반 기대 반이다.

"내리는 비는 막을 수는 없어도 피할 수는 있다." 이 말은, 가지고 태어나는 사주는 어쩔 수 없지만 이름을 잘 지어줌으로 해서 나쁜 운수를 고칠 수 있다고 믿는 성명학자들의 말이다. 좋은 뜻을 가진 이름은 평생 불리는 동안 그 사람을 축복해주는 효과가 있고 나쁜 의미를 가진 이름은 불리면 불릴수록 그 사람의 인생을 힘들게 만든 다고 한다. 꼭 그래서 그런 건 아닐 테지만 사람들은 개명을 하기도 하고 예술인들은 예명을, 문학인들은 필명을 지어 쓰기도 한다. 사 실 내 이름 하빈도 본명(하재범)이 아니고 필명이다.

물은 무색, 무취라서 사람의 후각으로는 향기가 있다고 말하기 어렵다. 그러나 낙타는 몇 킬로미터 밖 물향기를 맡고 오아시스를 찾아간다고 한다. 오랫동안 사막에서 생활해온 낙타들은 본능적으 로 물의 향기를 맡아낸다. 그래야만 살아남을 수 있기 때문이다. 낙 타에게 물향기는 생명에의 희망이요 구원의 빛인 것이다. 이런 사실 을 알았을 때 나는 물향기라는 말에 꽂혔다. 내 성이 물(河)이니 향기 만 붙이면 물향기가 되겠구나! 향기를 뜻하는 한자는 향기 향(香) 자 도 있지만 향기 빈(馪) 자도 있다. 하향은 아니다 싶어 하빈으로 했 다. 그리하여 나도 낙타에게처럼 누군가에게 물향기 같은 글을 쓰자 는 가당찮은 바람으로 스스로 필명 하빈을 지었다. 어느 문우가 말 하길 "하빈 샘은 글도 좋지만 이름 덕도 봤을 것이다. 이름이 의미도 좋고 센서티브하여 요즘 트렌드에 꼭 맞는 것 같다." 그래서 그런지 짧은 기간에 분에 넘치는 명성과 사랑을 받아 이름 덕인가(?) 하는 마음도 없잖아 있다.

그러나 네이밍(Naming)은 시대나 조류에 따라 그 짓는 형식이나 방법도 달라진다. 앞에서 본 바와 같이 이니셜만 따서 짓기도 하고 나름대로 의미를 부여하기도 하고 '튀어야 산다'를 모토로 하는 연예가에서는 대중들의 관심을 단박 사로잡을 독특하고 기발한 이름들을 짓기도 한다. 특히 신인 가수들이 밀물같이 쏟아지는 가요계는 그 정도가 심할 수밖에 없다.

이름이야 어찌되었건 이 시대의 애국자는 K팝 스타들이지 싶다. 관심을 갖고 보면 이들의 영향력은 실로 대단하다. 전 세계 구석구석 K팝이 전파되지 않은 곳이 없다. 이 시간도 지구촌의 많은 젊은 이들이 이들의 노래와 춤을 따라하는 커버댄스와 플래시몹에 열광하고 있다. 그들의 관심은 우리글, 우리 음식, 나아가 우리 문화 전반, 우리 제품의 구매로 이어진다. 어느 외교관이, 어떤 수출 역군이 이들보다 나을까. 다만, 우리 가수들이 전 세계 유수한 음악 차트를 석권할 때 그 이름은 꽃분이, 영심이, 몽실이 같은 순 우리말 이름이었으면 좋겠다.

욜로 라이프

모 TV에 여행 리얼리티 프로그램이 있었다. 네 명의 젊은이가 아프리카 여행 중일 때다. 캠핑카를 끌고 여행하는 한 금발 여대생을 만났다. 혼자 자유로이 여행하는 모습이 참 멋져 보인다고 말하자 그녀는 이렇게 대답했다. "YOLO!"라고. 그때부터 '욜로'라는 트렌드가 우리 사회에 전파되었다고 한다.

YOLO는 You only live once(한 번뿐인 인생)의 약자이다. 한 번뿐인 인생이니 매 시간을 소중하게 즐겁게 의미 있게 살자는 뜻이란다. 욜로라이프는 내 집 마련, 노후 준비 등 미래에 대한 투자보다 현재의 삶을 풍요롭게 하는 취미 생활, 여행 등에 시간과 돈을 소비한다. 오늘의 안락함, 즐거움보다 미래를 위해 아끼고 참으며 현재를 투자했던 과거의 우리와는 정반대의 생활 양식이다. 자칫 찰나적이고 향락적이며 소비 지향적인 삶이라고 비판할 수 있으나 삶의 방식은 그 시대가, 또는 개개인이 선택하는 것이다. 우리 시절엔 스스로 준비하지 않으면 미래가 보장되지 않는, 저축이 미덕이었던 시대였지만 지금은 충분하진 않지만 어느 정도 사회보장 장치가 마련되어 오히려 소비가 미덕인 시대다.

현대를 사는 대부분은 시간의 주인이 되지 못하고 시간의 노예로 산다. 짜여진 각본대로 하루하루를 쫓기며 사는 것이다. 동료와 경쟁해야 하고 상사 눈치를 봐야 하고 과도한 업무에 스트레스만 쌓여가는 것이 대다수 현대인의 삶이다. 그래서 때때로 일탈을 꿈꾼다. 아마도 아래와 같은 일탈을.

'바다가 내려다보이는 언덕 뾰족지붕 집, 노을을 바라보며 멘델스존의 바이올린 협주곡을 듣는다. 봉골레 파스타 맛의 여운을 즐기며 내일은 스쿠버다이빙을 한다는 기대에 마음 설렌다. 다음 휴가 땐 킬리만자로에 올라봐야지. 내일 좀 가난하면 어때, 행복한 이 시간이 소중한걸.' 일탈로서가 아니라 일상을 이렇게 사는 사람들이 있다. 욜로 라이프. 현재를 즐기며 행복할 수 있다면 그 얼마나 큰 축복인가. 자신이 원하는 모습으로 자신의 삶을 채워간다면 그 또한 얼마나 멋진 일인가.

나이 먹어 인생을 서서히 정리할 나이가 되면 후회와 아쉬움이 물밀듯이 밀려온다. 이제 시간이 얼마 남지 않았다는 생각을 하면 순간, 순간들이 얼마나 소중한지 모른다. 정신 없이 앞만 보고 달려온 세월이 벌써 종점 가까이 다다른 것이다. 나는 나를 얼마나 사랑하였으며 나를 위해 무엇을 해주었는가. 불쌍한 나를 되돌아보며 그때는 모두 그렇게 살았으니 어쩌랴 하면서도 아쉬움이 남는 것은 어쩔 수 없다. '굳은 땅에 물이 고인다.'라는 말이 있다. 낭비하지 말고 절약해야 축적이 생긴다는 말이다. 우리는 그런 자세로 살아왔다.

그러나 굳은 땅은 물을 흡수할 수 없다. 굳은 인생은 가난에서 벗어났을지 몰라도 삭막할 수밖에 없는 것이다. 이제 우리는 그 삭막함 때문에 인생의 페이소스를 느껴야 하는 것이다.

가만 보면 돈 버는 사람 따로 있고 쓰는 사람 따로 있다는 말이 맞는 것 같다. 우리 세대는 돈 버는 것만 알고 쓰는 것은 익숙지 않았다. 생계를 위한 최소한의 소비밖에 할 줄 몰랐다. 그간의 노력으로 이제 여유가 좀 생겼어도 식당이든 백화점이든 뭘 해도 가격부터 먼저 본다. 그리고 겁부터 먼저 먹는다. 지금 현재의 경제력과는 상관없이 과거의 소비 버릇을 바꿀 수 없는 것이다. 이에 반하여 젊은이들의 소비 형태는 자유롭고 거침이 없다.

젊은이들은 대부분 어렸을 때부터 돈을 타 썼다. 자식을 위해 번 돈이니 부모는 자식의 소비에 대해 관대하다. 우리는 얼마나 싸냐가 기준이었지만 자식들은 얼마나 맛있나, 얼마나 멋있나가 소비의 기준이다. 자신이 벌어보지 못했기 때문에 돈의 가치를 피부로 느끼지 못한다. 쓰다가 모자라면 부모에게 다시 손을 벌리면 되니까. 어지간히 궁색하지 않으면 자식의 소비는 용납하는 것이 부모 마음이다. 다만 부모로부터 받은 돈이든 자신이 번 돈이든 생각 없이 쓰지 않는, 현명한 소비를 바랄 뿐이다.

욜로 라이프를 실현하기 위해서는 일단 재화의 소비가 전제되어야 한다. 이런 형태의 소비 이면엔 오늘의 경제 상황이 중요한 모티브가 된 측면이 있다. 금리가 높고 물가가 빠르게 오르는 고도성장기엔 저축을 하거나 집을 마련하면 투자의 효율이 높았지만 지금은 사정이 다르다. 저축을 해도 이자가 낮아 노후가 보장되지 않으며 정상적인 방법으론 평생을 모아도 집 한 채 마련하기 어렵다. 그러니 차라리 그럴 바엔 현재를 소비하며 내 인생이나 살찌우자. 이런 선택을 할 법하지 않은가.

한편 소비를 늘리는 이런 삶의 방식은 이번 정부의 국가경제 운용 측면에서도 긍정적 역할을 할 수도 있지 싶다. 문재인 정부의 경제 패러다임은 낙수 효과가 아니라 분수 효과다. 성장의 과실이 저소득층에도 흘러든다는 낙수 효과는 전 10년간의 결과로 실패로 결론이 났다. 성장의 과실은 고소득층과 대기업의 천문학적 유보금만 늘리는 결과를 낳았기 때문이다. 분수 효과는 비정규직의 정규직화, 복지제도, 고용 증대 등을 통해 저소득층의 가처분소득을 늘려주어 그것이 소비 증가로 이어지고 소비 증가는 곧 생산 투자로 이어지며 생산 투자는 다시 고용 증대로 이어지는 선순환을 한다는 논리다. 고소득층은 소득이 늘어도 곧 소비로 이어지지 않지만 저소득층은 실제 써야 할 부분을 소득의 한계 때문에 줄인 가계가 많기 때문에 늘어난 소득은 곧장 소비로 이어질 수밖에 없다. 욜로 라이프는 소득을 묶어두지 않고 소비로 연결시킨다는 점에서 현 정부의 경제 패러다임에 닿아 있다 하겠다.

어쨌거나 미래를 위해 현재를 희생하며 사는 삶을 가치 있다 여기던 시대는 갔다. 바쁘게 떠밀려 살지 말고 자아를 돌아보며 현재를 보석같이 꾸려나가는 일, 우리 모두가 꿈꾸는 삶이 아닐까? 한때 국민요정 걸그룹 멤버로, 연예계 걸크러시로 화려한 전성기를 구가하던 이효리가 한동안 잠잠하더니 한적한 재주도 한 귀퉁이에서 참

유유자적한 삶을 사는 걸 보고 욜로 라이프의 의미를 떠올린 적이 있다. 모든 사람들은 행복을 꿈꾼다. 행복의 조건은 무엇일까? 욜로 라이프를 실현하는 젊은이는 그것을 찾아내지 않았나 싶다.

늦었지만 늙은이여! 우리도 욜로 라이프를 꿈꾸어보자.

영화에게 윙크

국민학교(초등학교) 시절, 밤에 학교 가는 때가 가끔 있었습니다. 과외도 없는 그때 초등학생이 왜 밤에 학교엘 가냐구요? 활동사진 보러요. 활동사진이 뭐냐구요? 뭐긴 뭐겠어요, 말 그대로 사진은 사진인데 움직이는 사진이란 뜻이죠. 오늘날의 영화를 그때는 그렇게 불렀어요. 무성영화 시대였죠. 녹음 기술이 없었던 때라 움직이는 영상을 스크린 위에 띄워놓고 배우는 팬터마임을 하듯 입만 벙긋벙긋하고 대사는 변사라는 사람이 대신 했죠. 상영장에서 즉석으로 마이크에 대놓고, 요새말로 소위 애드리브로. 변사의 능력에 따라 관객을 마구 울리기도 하고 웃기기도 하고……. 그 당시는 대부분 비극이 많았고 관객을 무지 많이 울리는 변사가 인기 캡이었죠. 그런 시기가 지나 배우가 직접 말하는 영화가 나왔죠. 활동사진이 아니고 진짜 영화였던 거죠. 그래도 사람들은 그냥 활동사진이라 했죠.

그때는 변변한 즐길 거리가 없는 시절이였기에 공짜 활동사진은 그야말로 신기하고 재미있고 매력 있는 볼거리였습니다. 그러나 더 중요한 것은 동네 처녀 총각들이 자연스레 어울릴 수 있는 절호의 기회였기 때문이죠. 스크린이라 해야 마치 요즘의 짤막한 현수막 같다고 할까. 불과 2×3미터 정도 되는 둘둘 만 영사막을 가져와서 쭉 펴서는 양쪽에 고정시켜놓고 영사기는 스크린에서 불과 약 7~8미터 거리에서 덜덜덜 돌아가고 있죠.

영화가 시작되면 시끌벅적하던 장내는 금세 조용해지고 영사기 렌즈에서 빠져나온 빛은 소실점의 역방향으로 진행하여 사각 영사막을 비춥니다. 어쩌다 키 큰 사람이 영사기 앞을 지나가면 그 사람의 실루엣이 영화 대신 스크린 위에 가득 차고 그 사람은 욕을 바가지로 얻어먹고.

그 시절 영화 상영 시에는 웃지 못할 사연도 참 많습니다. 동시 녹음이 되지 않는 탓에 영상, 녹음 두 필름의 타이밍이 맞지 않으면 화면 따로 소리 따로 놀기도 하고 필름은 왜 또 그리 잘 끊기는지 영화 한 편 하는 동안 4~5회 정도 끊기는 건 예사, 어쩌다 클라이맥스에 가서 필름이 끊겨 상영이 중단되면 상영장은 소란해지기 시작합니다. 손가락을 입에 넣고 휘파람을 휙휙 불어대는 사람. "빨리 안 돌리나, 사람 숨 넘어가겠다." "때리치앗뿌라 마." "공짜라 할 때 알아밧다." 그러나 이때를 아주 유용하게 활용하는 사람들도 있습니다. 영사막을 비추던 빛마저 사라지고 캄캄해지면 눈 맞아 같이 온 커플들은 절호의 찬스를 놓치지 않고 슬그머니 손도 잡아보고 포옹도 합니다. 소변이 마려워도 꾹꾹 참고 있던 사람들은 이때다 싶어 몇 발자국 돌아서서 학교 담벼락에다 실례.

미 군정 때부터였지 싶습니다만 본 영화 보여주기 전에 유에스아이에스(USIS, 미 공보원) 리버티 뉴스란 걸 했습니다. 지금 생각해보면 미국은 그때부터 영화를 통해 자국의 우월성을 홍보해왔던 것 같습니다.

그때 상영했던 영화들은 〈춘향전〉, 〈마부〉, 〈장마루터의 이발사〉, 이딴 것들이었죠. 김승호, 전옥, 조미령, 허장강, 황해, 조금 뒤로 김진규, 최무룡, 문정숙, 김지미, 또 조금 뒤로 신성일, 엄앵란, 문희 등 수많은 스타들이 명멸했습니다. 참고로 위의 배우들 중 김승호는 김희라의 아버지, 허장강은 허준호의 아버지, 황해는 전영록의 아버지, 김진규는 김진아의 아버지, 최무룡은 최민수의 아버지입니다.

흑백 영화 시절을 거쳐 컬러 시대로 넘어갑니다. '70밀리 총천연색 시네마스코프 돌비 시스템', 여러분은 이 말이 무엇을 뜻하는지 아십니까? 한마디로 이것은 영화의 총아를 말하는 것이었습니다. 종전의 18밀리, 36밀리 필름에서 70밀리 광폭 필름에다 엄청나게 큰 와이드 스크린에 컬러 화면, 웅장한 스테레오 음향 효과 등. 〈벤허〉, 〈십계〉, 〈천지창조〉 등이 이런 조건으로 만들어진 영화들입니다. 제가 제일 처음 본 이런 조건의 영화는 〈하타리〉란 영화였습니다. 아프리카 대평원과 밀림에서 동물들을 생포하여 세계 각지의 동물원에 공급하는 팀의 애환을 그린 것인데 '하타리'란 케냐의 토속어로 위험하다는 뜻이라네요. 일망무제 넓은 평원을 동물들과 쓰리쿼터(뚜껑 없는 지프차)를 탄 대원들이 거침없이 달리는 장면이 어마어마한 스크린에 펼쳐질 때는 나 자신이 대평원을 바람을 가르며 달리는 듯한 감동이 몰려왔습니다. 어미 잃은 새끼 코끼리 두 마리를 키우다, 요놈들이 탈출하여 시내를, 거리를, 백화점을 앙증맞은 걸음걸이로 휘젓고 다닐 때 나오는 헨리 만시니의 〈아기 코끼리의 걸음마〉란 음악은 영화음악의 고전으로서 지금도 CF 같은 데서 많이 애용되고 있습니다.

우리 부모님 세대는 영화 없이도 잘 살았습니다만 영화 한 편의 누적 관객이 1500만인 지금은 영화 없는 세상은 생각조차 할 수 없죠. 명절이면 영화가 대목을 맞는 것은 예나 지금이나 변함이 없습니다.

영화는 과학과 예술의 결합체입니다. 그래서 복합예술이라고도 하지요. 〈벤허〉를 만든 윌리엄 와일러 감독은 그 영화의 시사회를 보며 "신이시여! 정녕 이것이 제가 만든 영화이옵니까." 하고 감동했다 합니다.

영화의 진화 속도는 문화와 문명의 진화 속도와 정비례합니다. 아니 앞서가지 싶습니다. 초강대국 미국은 그동안 막강한 자금력을 등에 업은 자국 영화를 통해 세계인에게 알게 모르게 패권주의 담론을 주입시켜왔습니다. '영화를 지배하는 자가 세계를 지배한다.' 미국인들은 그렇게 믿었는지 모르죠. 그 신념의 결과인지는 모르지만 그들은 타의 추종을 불허하는 수많은 블록버스터들을 탄생시켰습니다. 그동안 할리우드는 미국의 우월적 영웅주의 창구 역할을 충실히 수행해왔던 것입니다.

25세의 나운규가 〈아리랑〉을 만든 것이 1926년이니까 우리 영화도 어언 백 살이 다 되어 갑니다. 국토, 인구, GNP, 뭘로 봐도 미국과는 짬이 되지 않는 반토막의 코리아. 현 시점에서 그 작은 나라가 미국과 맞짱을 뜨려 한다면 어쩌면 멀지 않은 장래에 영화는 우리의 밥줄이 되어줄지 모릅니다.

최근에 〈국제시장〉, 〈인터스텔라〉 등을 보았습니다. CG(컴퓨터 그래픽)의 위력을 다시 한 번 실감합니다. 어떠한 상상도 현실로 만들어내는 CG 기술 때문에 영화는 한층 진화하고 우리는 황홀해집니다. 우리나라 CG 기술은 할리우드의 턱밑까지 도달해 있습니다.

우여곡절을 겪으며 우리 영화도 적어도 아시아권에서는 할리우드 영화와 견줄 만큼 성장했습니다. 영화는 묵묵히 우리에게 많은 얘기를 전해줍니다. 또한 우리에게 무한한 가능성과 자부심도 일러줍니다. 그런 영화에게 윙크를 보냅니다. "I Love movie." 우리 모두는 그대를 사랑해.

안녕하신가? 페미니스트

　　대학에 가면 여성학을 공부하는 '여성학과'라는 게 있다. 여성학
이란 여성주의(Feminism)를 인식론적 기반으로 하여 여성에 대한 개
인과 집단의 사고를 과학적 이론으로 체계화하고, 이를 통해 궁극의
목표인 여성 해방의 이념과 방향을 제시하려는 학문이라고 사전에
서는 참으로 재미없게 정의를 내려놓고 있다.

　　반면 여성학이 있으면 남성학도 있어야겠지만 그런 건 없다. 여
성학의 개념에서 밝혔듯 남성들에게는 해방의 필요성이 없는 사회
였기 때문이다.

　　'암탉이 울면 집안이 망한다.' '명태와 마누라는 사흘에 한 번씩
패야 제 맛이다.' '여자의 웃음소리는 담장을 넘어가서는 안 된다.'
이따위 속담은 서민용이다. '칠거지악'이 어떻고 '삼종지도'가 어떻
고 등은 소위 먹물 든 양반, 즉 상류사회용이다. 위든 아래든 너무나
비인간적인 발상들이다. 이런 여건 속에서 여자는 철저하게 남자의
그림자로 살아야 했다. 이것이 여성학의 존재 이유일 것이다.

동양은 예나 지금이나 철저한 남성 우월주의 사회였다. '레이디 퍼스트'를 내세우는 서양은 여성 우선, 여성 존중의 사회같이 보이지만 모파상의 『여자의 일생』, 토머스 하디의 『테스』, 호손의 『주홍글씨』, 입센의 「인형의 집」 등을 보면 서양 사회도 동양 못지않은 남성 우월주의, 남성 중심의 사회였음을 알 수 있다. 더 심한 예도 있다. 오페라 〈리골레토〉의 아리아 〈여자의 마음〉을 보자. "바람에 날리는 갈대와 같이 항상 변하는 여자의 마음. 눈물을 흘리며 향긋 웃는 얼굴로 남자를 속이는 여자의 마음." 이쯤 되면 아예 여자란 믿지 못할 하찮은 존재가 된다. 성경의 「창세기」도 문제다. 여자는 남자의 갈비뼈로 만들었으니 탄생부터가 남자에 종속되지 않는가. 나아가 『탈무드』에는 이런 구절도 있다. "하나님이 여자를 남자의 갈비뼈가 아니고 머리로 만들었다면 여자가 남자를 지배하였을 것이다." 결국 창세부터 남자에게 여자의 지배권을 부여했다는 오해를 받을 수 있는 대목이다.

4대 성인으로 꼽히는 공자님께서도 여성들에게는 원성을 듣는다. 까닭은 그 많은 저서나 말씀 중에 여자에 대해서 언급하는 데는 인색하여 꼭 한 구절만 남기셨는데 하필 그 한 구절이 "소인과 여자는 다루기 힘드니라(唯女子與小人爲難養也)."였으니 그럴 만도 하다. 그러나 공자님의 말씀에 공감 가는 예를 보자.

연인이나 신혼인 아내가 백화점에서 예쁜 옷을 보고 "자기야, 이 옷 참 이쁘지?" 할 때, "응, 그래, 이쁘네."하고 그냥 지나친다면 그대는 아마 하루 종일 그녀의 불편한 심기를 견뎌야 할 것이다. '자기야, 이 옷 이쁘지'라고 한 말은 그 옷에 대한 감상을 말한 것이 아니고 '나 이 옷 사줘.'라는 뜻인데, 그 숨은 뜻을 간파하지 못한 그대의 우둔함에 대한 결과이다.

"자기야, 저 여자 예쁘다 그치?"라고 했을 때 "어, 그래, 정말 예쁘네." 하고 무심코 대답했다간 그대는 아마 토라진 그녀를 달래기 위해 한동안 진땀을 빼야 할 것이다. '자기야, 저 여자 예쁘지.' 했을 때 '응, 예쁘긴 한데 자기보단 훨씬 못하구만.'이라고 하는 재치가 없었던 대가이다. 이쯤 되면 근본이 단순한 남자들로선 다루기 힘들다는 말이 나오기 마련이다. 그러나 어쩌겠는가. 이 세상에 여자가 없다고 상상해보라. 끔찍하지 않은가.

여자가 없다면 예술이나 문학도 존재하지 않았을지 모른다. 〈모나리자〉, 〈비너스〉, 『안나 카레니나』, 〈백조의 호수〉, 〈쉘부르의 우산〉 같은 예술 문학 작품도 없었을 것이고 미를 추구하는 온갖 직업, 이를테면 미용실, 의상실, 성형외과, 패션모델, 화장품 등과 관련된 직업도 존재하지 않았을 것이다. 한편 남자들은 한없이 게을러질 것이다. 잘 보일 대상이 없으니 세수는 사흘에 한 번 하고, 옷은 한 달에 한 번 갈아입고, 목욕은 일 년에 한 번, 면도는 평생 하지 않을지도 모른다.

연약하고 겁이 많고 직설적으로 말하지 못하고 감성이 풍부한 만큼 쉽사리 망가지는 존재. 천사의 목소리를 가진, 꽃보다 아름다운 신이 만든 최고의 걸작 등. 여성에 대한 예찬도 만만찮다. 여성을 인격체로, 내가 못 가진, 나를 완성시켜줄 내 반쪽으로 생각했더라면 성폭행이나 마조히즘 같은 야만적 행동도 여성학도 페미니즘도 필요치 않았을 것이다. 여자란 아름답고 거룩한 존재다. 여성의 인격을 따지려면 그대의 어머니를 생각해보고 여자의 신비로움을 연상하려면 그대의 첫사랑을 떠올려보라. '자연과 여자는 멀리서 볼수록 아름답다.'란 말이 있다. 이루지 못한 사랑, 그래서 첫사랑은 아름답고 신비롭게 그대의 기억 속에 남아 있는 것이다. 그런데 역사 속의 남자들은 왜 그렇게 야만적이었을까. 남자는 긴 역사 속에서 생물학적 힘을 앞세워 우격다짐으로 여자를 종속시키려고만 했다. 20세기 들어 이러한 모순되고 공평하지 못한 사회구조를 바로잡기 위해 생겨난 것이 바로 페미니즘이다.

혹자는 요즘 같은 여성 상위 시대에 페미니즘이 왜 필요한지 의문을 제기할지 모르겠다. 미혼일 땐 여친을 위해 온갖 이벤트를 준비해야 하고 결혼해서는 경처가가 되는 게 요즘 세상인데 하며 말이다. 사실 일면 그런 점도 있다. 여성들의 결혼에 대한 회의적 시각 때문에 남성들은 눈물겨운 구애를 해야 하고 결혼하면 그 결혼을 유지하기 위해 온갖 노력을 해야 한다. 오랜 기간 그들 위에 군림했던 대가를 톡톡히 치르고 있는 셈이다. 점점 여성 중심의 사회로 바뀌어가는 모습에서 남성들은 여태껏 누려왔던 기득권의 상실에 대한 두려움과 상대적 박탈감을 갖고 있는 것은 사실이다. 하여 젊은 세대의 일각에서는 페미니스트에 대해 불편한 심기를 드러낸다.

며칠 전, 길을 걷다가 남녀가 차를 길가에 세우고 다투는 장면을 보았다. 아마 여자가 남자의 차 앞으로 끼어들기를 하다가 시비가 붙은 모양이다. 시비 중 남자의 말 "여자가 어디를? 에이, 재수 없으려니." 왜 아직 여성학과 페미니스트가 필요한지 알 수 있는 대목이다. 상호 존중의 사회는 좀 더 두고 봐야겠다.

젊꾼

스마트폰 세상이다.

스마트폰 하나만 있으면 안 되는 게 없고 못하는 일도 없다. 전지전능, 무소불위다. 대한민국 국민치고 초등생에서 팔순 노인까지 스마트폰 없는 사람은 거의 없다. 그러나 지금은 사용하기 편리하게 개발되어 어지간한 기능은 누구나 쉽게 접근할 수 있지만 10여 년 전만해도 나 같은 늙은이에게 스마트폰은 전지전능, 무소불위는 고사하고 공포의 기계쯤 됐다. 깨알 같은 사용설명서를 아무리 들여다봐도 무슨 소린지 요령부득이고 어쩌다 잘못 만지면 있던 것도 날아가버리니 난감하기 짝이 없었다. 그 당시 우스갯소리로 인류를 스마트폰 할 줄 아는 사람과 할 줄 모르는 사람으로 나눈다는 말이 있었다. 스마트폰을 잘하는 사람은 신세대, 잘 못하면 구세대로 나누기도 했다. "맨날 그것 들여다보고 있으면 돈이 나오냐 밥이 나오냐." 부모에게서 입버릇처럼 나왔던 잔소리다. 그때는 이해 불가였지만 요즘은 잘만 하면 돈도 밥도 나오고 부와 명예를 거머쥘 수도 있다.

젊은이들은 권위나 내세우고 지적질이나 하는 어른을 '꼰대'라 부른다. 얼마 전까진 꼰대는 구세대를, 스마트폰은 신세대를 상징하는 단어였지만 지금은 나 같은 늙은이도 웬만큼 스마트폰을 다룬다. 여러 검색 기능을 활용하고 앱을 다운로드받아 다양한 서비스를 제공받는가 하면 사진, 음악, 동영상, 번역, 문서 저장, 카톡, 밴드, 블루투스 등 많은 분야에서 활용하고 있다(그래봤자 스마트폰이 가진 기능의 10분의 1도 안 되겠지만). 이렇게만 놓고 보면 나도 신세대다. 스마트폰만 잘해도 왠지 젊어진 느낌이다.

'꼰대'란 단어를 찾아보면 '학생이나 젊은이들이 선생이나 늙은이를 은어로 부르는 말'이라 되어 있다. 아이들이 쓰는 언어로 시작되었지만 이제는 아이 어른 할 것 없이 알만큼 다 안다. 젊은이들이 생각하는 꼰대의 개념은 어떤 것일까. 체크리스트로 한 번 알아보자.

□ '내가 너만 했을 때'란 말을 자주 한다.
□ 나보다 어린 사람이다 싶으면 반말을 한다.
□ 젊은 사람에게 뭘 배우는 걸 창피해한다.
□ 옷차림, 인사, 예절 등에 대해 사사건건 지적을 한다.
□ 대체로 명령문으로 말한다.
□ 아랫사람의 작은 실수도 용납하지 않는다.
□ 요즘 젊은 것들은 노력은 않고 사회 탓만 한다고 생각한다.
□ 후배들에게 내 스타일을 강요한다.
□ 후배의 장점이나 업적을 흔쾌히 받아들이지 않는다.
□ 내 의견에 반대한 사람을 못마땅해한다.
□ 낯선 방식으로 일하는 후배에게 자기 방식을 주입한다.

☐ 자유롭게 의견을 애기하라 해놓고 결론은 언제나 자기주장으로 한다.

☐ 나보다 늦게 출근한 후배가 거슬린다.

☐ 회식, 야유회에 빠지는 사람을 이해하지 못한다.

☐ 노약자석에 앉은 젊은이에게 "비켜라"라고 말한다.

☐ 높은 사람과의 개인적 인연을 과시한다.

☐ 한때 잘나갔던 때를 들먹인다.

☐ 알아서 기지 않을 때 인상을 쓴다.

0~3항목에만 해당되면 당신은 성숙한 어른, 4~7이면 꼰대의 조짐이 보임, 8~13이면 꼰대 경계경보, 14~18이면 자숙하세요, 제발. 이란다. 당신은 어디쯤 계신가?

인터넷이나 SNS가 발달하면서 많은 사람들이 많은 정보를 주고받다 보니 줄임말과 신조어가 하루가 다르게 쏟아진다. 신조어나 줄임말을 생산하고 소비하는 층은 대부분 젊은이들이다. 구세대들이 줄임말, 은어, 신조어, 이모티콘으로 채워진 모바일상의 젊은이들 대화 문장을 본다면 머리를 절레절레 흔들 것이다. 우리 눈에는 못마땅하겠지만 그들은 그들 시대를 살아가고 있는 것이다. 한편 신조어와 줄임말을 가만 살펴보면 사회를 비판하고 시대상을 반영하는 말들이 많다. 잠깐 살펴보고 가자.

- 케미 : 어울림, 호흡, 교감, 궁합 등이 좋음을 뜻함
- 호갱님 : 호구와 고갱님(고객님)의 합성어

- 흑역사 : 부끄럽거나 민망한 과거
- 어장관리 : 남녀 관계에서 여러 사람을 적당한 친분으로 유지하는 것
- 썸타다 : 남녀 사이에 좋은 관계를 유지하다
- −빠 : 어떤 사람을 심하게 추종할 때(노무현＝노빠)
- 갓− : 어떤 대상의 이름 앞에 붙여 그 대상이 신(神)격이라는 뜻을 부가(갓승기, 갓메시)
- 웃프다 : 웃기면서 슬프다
- 가성비 : 가격 대비 만족도
- 짤방 : 짤림 방지의 준말(재미없는 글만 올리면 운영자가 삭제할지 모르니 흥미로운 사진 등을 올리는 것)
- 움짤 : 움직이는 짤방
- 노잼 : 재미없음
- 탕진잼 : 작은 금액을 소비하며 스트레스를 푸는 재미
- 득템 : 아이템을 얻음
- 치맥 : 치킨과 맥주
- 좌빨 : 좌파 빨갱이
- 완소 : 완전 소중
- 여병추 : 여기 병신 하나 추가요
- 먹튀 : 먹고 튀다(다른 사람의 아이템을 훔치는 행위)
- 버카충 : 버스카드 충전
- 극혐 : 극도의 혐오

요즘 인터넷에 회자되는 말 중에 '젊꼰'이란 말이 있다. 젊꼰은 꼰대에서 파생한 신조어로 말 그대로 젊은 꼰대의 준말이다. 나이는

젊은데 하는 짓은 꼰대와 같은 짓을 하는 사람을 이른다.

문재인 대통령은 권위를 내려놓고 수평적 인간관계를 가지려 노력하는 것 같다(혹자는 그러한 모습을 일종의 쇼로 보기도 하지만 오랫동안 그를 지켜본 바로 그러한 소탈은 그의 몸에 밴 것인 줄 알고 있다. 이것도 어디까지나 나의 주관적 인식이지만). 그러나 우리 사회 도처에는 꼰대질하는 사람이 너무 많다.

"명령하는 쪽이 왜 명령받는 쪽과 딜을 해야 하지?" 얼마 전 인기리에 끝난 드라마 〈김과장〉에 나오는 대사이다. 여기서 명령하는 쪽은 젊은 이사 서율이고 명령받는 쪽은 김과장이다. 너는 부하니까 시키는 대로 하면 되지 딜을 하려 해? 자신의 알량한 지위를 이용해 아랫사람을 길들이려 하고 권위를 잡는 것이 전형적인 젊꼰이다. 젊꼰은 직장에도 있지만 후배 군기 잡는 대학에도 있고 상하관계가 형성되어 있는 어디에나 있다. 꼰대질은 나이가 아닌 행동 양식의 문제이다. 구세대의 꼰대질도 문제가 되는데 '젊꼰'까지 가세하면 세상의 약자들은 어디 발붙일 데가 없어진다. 젊꼰의 문제가 인터넷상에서 논란이 되고 있다는 것은 문제점을 알고 있다는 의미여서 우리 사회를 돌아보는 계기가 되었으면 한다.

오늘 무심코 내뱉은 말, 뜻 없이 한 행동이 누군가에겐 상처가 될 수도 있다는 사실을 되새겨본다.

『겨울 여자』, 그 후 40년

1975년, 소설『겨울 여자』가 발표되었던 그해 조해일은 평단의 주목을 받기 시작한다. 그리고 2년 후, 여주인공 이화(장미희분)의 남성 편력에 초점이 맞추어지면서 영화화된『겨울 여자』는 사회의 비상한 관심을 받게 된다.

주인공 이화는 자신의 순결에 대한 과잉 반응으로 한 순수 청년이 죽게 되자 그때부터 자신을 필요로 하는 남자에겐 성을 개방한다. 이러한 남성 편력 때문에, 당시까지만 해도 처녀성을 절대적 순결의 전제로 여기던 사회에 충격을 던진다. 이화는 거룩한 자기 희생의 성녀(聖女)인가? 육체를 내돌리는 성녀(性女)인가? 영혼의 순결이냐? 육체의 속죄냐? 등. 세간의 수많은 논란을 불러일으키며 영화는 흥행 신기록을 세운다. 그러나 정작 조해일이 하고 싶었던 얘기는 따로 있지 않았을까?

"아빠는 말로만 이웃을 사랑하라면서 실제는 내 가족밖에 모르는 가족이기주의자예요." 이화의 아버지는 이웃, 즉 타인에 대한 희생과 사랑을 역설하는 목사였지만 정작 딸에 관해서 만은 한 치도 양보 없는 가족이기주의자임을 마다하지 않는다.

출근길 버스 안, 30대 초반의 젊은이가 의자에 앉아 있고, 그 옆에 입성이 초라해 보이는 할머니가 서 계신다. 젊은이는 곁눈으로 힐끗 할머니를 쳐다보고는 못 본 척 창 밖만 내다보며 딴전을 피운다. 다음 정류장, 넥타이를 맨 40대 초반의 남자가 탄다. 그를 본 젊은이는 냉큼 일어나며 "부장님, 여기 앉으세요."

선착순 입장인 공연장 앞에 입장객의 줄이 제법 길다. 무료 공연에 인원 제한이 있어 뒷사람은 초조하다. 새치기하려던 사람이 따가운 시선과 항변으로 망신만 당하고 맨 뒤에 가서 선다. 40대 여인이 길게 늘어선 줄의 길이에 난감해하며 기웃거린다. 이때, 앞부분에 서 있던 한 여인이 "어머, 이모도 공연 보러 왔어요?" 손을 마주 잡으며 반가워한다. 기웃거리던 여인은 구세주라도 만난 듯 그 여인의 앞자리로 은근슬쩍 끼어든다. 조금 전 새치기를 흘겨보던 그 여인은 이모라는 여인을 당연한 듯 자기 앞자리에 세운다.

신호를 무시하고 위험하게 진행하던 승용차가 기어코 접촉사고를 일으켰다. 그러나 운전자는 내리더니 상대방 차가 잘못했다고 큰 소리로 우긴다. 상대 차의 운전자는 어이없어하며 난폭 차의 옆 자석에 앉았던 여자를 가리키며 "저분이 똑똑히 봤을 거요, 당신의 신호 위반으로 사고가 났다는 걸." 그러나 운전자의 부인으로 보이는 동승인은 신호 위반 하지 않았다고 뻔한 거짓말로 난폭 운전자를 거든다.

우리 주위에서 흔히 볼 수 있는, 친(親), 부친(不親)을 극명하게 갈라놓는 이분법적 대인 양식이다. 우리는 모르는 사람에겐 엄격하지만 가족 또는 피붙이에 대한 애정과 애착은 유별나다. 그래서 때로는 가족을 위한다는 명목 아래 파렴치하고 살벌한 행위도 마다 않는다. 비근한 예로 이마가 찢어져서 귀가한 아들을 본 재벌 아버지는 상대방에게 직접 폭력을 휘둘러 몇 배의 앙갚음을 하는가 하면 영화 〈대부〉에서는 가족을 지키기 위해 무자비한 폭력과 살인을 저지른다. 이 세상에 가족만큼 귀중한 존재가 어디 있겠는가? 그러나 가족을 위하는 것도 좋지만 최소한 타인에게 피해와 불이익을 주지 말아야 한다. 그도 누군가의 소중한 가족이 아니겠는가.

　　우리 주위엔 많은 '이화 아버지'들이 가족을 지킨다는 명분 아래 이기주의를 정당화하고 나아가 이러한 이기주의를 집단화하기도 한다.

　　하버드대학의 정치학자 새뮤얼 헌팅턴 교수는 이라크 전쟁을 위시한 저간의 중동 트러블을 '문명의 충돌'로 진단하고 있다. 문명의 발전 방향이 다른 여러 인자들이 부딪혀 내전 또는 전쟁으로 발전한다는 것이다. 그러나 나는 이 모든 것이 문명의 충돌이 아닌 '이기주의의 충돌'이라고 말하고 싶다. 작게는 나의 이익, 가족의 이익, 단체의 이익에서 크게는 나라의 이익, 민족의 이익, 종교의 이익 등. 내 가족만이, 자기 종교만이, 자기나라만이 옳고 잘되어야 한다는 이기심. 결국 자기는 선이고 남은 악이라는 이분법적이고 이기주의적 사고에서 갈등과 분쟁은 일어나는 것이다.

아리스토텔레스는 "인간은 사회적 동물"이라 했다. 사회란 무엇인가. 사람들이 모여 사는 공동체다. 공동체는 균형이 필요하다. 그런데 이 균형을 깨트리는 것이 이기주의다. 일방으로의 경도는 결국 와해를 가져올 뿐이다. 당시 조해일은 미래를 염려하여 이기주의 극복 의지를 보여준 것이 아닐까. 그러나 40년이 지난 지금, 조해일의 염려에도 불구하고 세상은 하나도 달라지지 않았다. 달라지기는커녕 더욱더 에고이즘에 매몰되어 가고 있는 세상을 본다.

"거짓의 벽 속에 갇혀 자신을 들여다보지 못하고 가족이라는 울타리 안에 편히 앉아 자기 몸 밖에 생각하지 못하는 사람들을 이화는 따뜻하게 찌른다. 그래서 자신이 얼마나 부모 또는 가족이 물어다주는 먹이를 받아 먹는 새 새끼 인가를 확인시킨다." 『겨울 여자』에서의 조해일의 진술로 끝을 맺는다.

4월이 오면

한국 생활 몇 년째인 영국인 친구에게 한국에 살며 인상적이었던 것이 무엇이냐고 물었더니 첫째는 시리도록 푸른 가을 하늘이고 둘째는 봄날 어디에서나 볼 수 있는 노란 개나리꽃이라고 했다. 봄에 우리나라를 다녀간 어느 외국인 소설가도 한국 하면 개나리가 떠오른다고 했다. 그 정도로 개나리의 선명한 노란빛은 인상적이었던 것 같다. 그도 그럴 것이 세계에서 몇 종류 되지 않는 개나리는 우리나라가 원산지고, 까닭으로 우리나라 개나리가 제일 맑고 진한 빛깔을 가지고 있다 한다. 그래서 학명도 Forsythia Koreana이며 우리나라 이름이 들어가는 몇 안 되는 학명의 하나이다.

개나리는 귀족적인 품위를 갖춘 그런 꽃은 아니다. 깊은 향기가 있는 것도 아니요, 형태가 우아하다거나 고상한 것도 아니다. 소박한 시골 처녀 같은 꽃이다. '노랑 저고리를 입은 이쁜이'라는 이름이 어울릴 듯한 꽃. 이 꽃을 꽂을 때는 고급 화병이 어울리지 않는다. 그렇다고 요새 나오는 유리병이나 플라스틱 화병 같은 것에도 맞지

67

않는다. 개나리가 가장 잘 어울리는 화병은 검정 토기거나 아니면 번쩍거리지 않는 오지항아리 정도가 좋다. 이른 봄 거실 한쪽에 아무렇게나 꽂혀 있는 한 항아리의 개나리는 방 전체를 환하게 만들어 줄 뿐만 아니라 보는 이의 가슴에도 화사한 봄날을 한가득 안겨준다.

우리나라에 자생하는 개나리는 네 종류가 있는데 중부 지방의 만리화와 산개나리 그리고 장수산 계곡에서 자라는 장수만리화와 경상북도 의성 지방에서 자생하는 의성개나리가 그것이다. 중국 사람들은 나뭇가지에 꽃이 매달려 있는 모양이 새의 긴 꼬리와 같다고 해서 連翹(연교)라 하고 서양에서는 골든 벨(Golden Bell)이라고 한다. 꽃이 달린 모양이 조그만 황금종이 조롱조롱 달린 것 같다고 해서 붙은 이름이다.

골든벨 하니까 퀴즈 생각이 난다. 나는 퀴즈 마니아다. 젊었을 때부터 장학퀴즈를 보며 상식을 키워왔고 종내는 〈KBS 퀴즈 대한민국〉, 〈1대 100〉에도 출연했다. 〈1대 100〉은 지금은 연예인이나 유명 인사들만 출연하지만 초기에는 치열한 예심을 거쳐 일반인을 선발하여 출연시켰다. 〈MBC 퀴즈가 좋다〉는 예심에는 통과했으나 사정상 출연은 하지 못했고 〈골든벨〉은 학생 대상이기 때문에 출연은 할 수 없지만 지금도 즐겨 본다.

봄이 오면 아이들이 제일 많이 부르는 동요가 〈봄나들이〉이다.

나리 나리 개나리 입에 따다 물고요,
병아리 떼 뿅 뿅 뿅 봄나들이 갑니다.

여기에 나오는 개나리와 병아리는 다 노란색이다. 개나리의 꽃말이 '희망'이듯 노란색은 희망을 의미한다. 노란색과 희망이라는 단어를 떠올리면 세월호 사건이 생각난다. 4월 16일이면 2년째이고 아직도 주검으로조차 돌아오지 못한 이들이 있건만 그들은 벌써 잊혀져간다. 어린 학생들의 무사귀환을 염원하는 온 국민의 마음이 노란 리본 속에 담겨 온·오프라인을 노랗게 물들였던 것이 엊그제 같은데 지금은 정치권, 매스컴, 그 어느 누구도 거론조차 않는다.

언니
오빠 모두

얍!
물고기가 되어라

물고기면 어때
살 수만 있다면.

그때 물에 잠긴 이들의 생존에 대한 절박한 마음을 담아 썼던 졸시 「마술—2014년 4월 16일」이라는 짧은 동시다. 배는 점점 가라앉고 살아날 희망은 희미해져가고, 그때 범인(凡人)들이 할 수 있는 일이란 하릴없는 글을 쓰거나 절실한 기도를 담은 노란 리본을 다는 것뿐이었다.

노란 리본이 '무사 귀환'을 상징하게 된 것은 4세기 무렵 유럽에서 만들어진 〈그녀는 노란 리본을 달고 있었다(She wore a yellow ribbon)〉란 노래에서 처음 유래한 것으로 전해진다. 이 노래는 사랑하는 사람의 무사 귀환을 바라는 애틋한 사연을 담고 있다. 이후 이 노래는 신대륙으로 이주한 유럽 청교도들을 통해서 미국에까지 퍼지게 된다. 미국에서 노란 리본의 의미가 크게 확산된 계기는 소설가이자 칼럼니스트인 피트 하밀이 『뉴욕 포스트』에 게재한 「고잉 홈(Going home)」이란 제목의 글이다. 출소를 앞둔 한 죄수가 아내에게 편지를 썼다. 차마 아내의 얼굴을 마주할 용기가 없던 그는 자신을 용서한다면 집 앞의 참나무에 노란 리본을 달아놓아달라고 부탁했다. 한결같은 마음으로 남편을 기다려왔던 아내는 그 동네의 모든 참나무에 노란 리본을 주렁주렁 달아놓았고, 출소 후 이를 본 남편은 감격의 눈물을 흘렸다.

이 감동적인 이야기는 1973년 토니 올랜도와 돈이 만든 노래 〈늙은 참나무에 노란 리본을 달아주세요(Tie a yellow ribbon round the ole oak tree)〉가 미국과 영국에서 크게 히트하면서 더욱 유명해졌다. 아시아에서는 필리핀의 독재자 마르코스에게 오랫동안 핍박받아온 아키노가(家)가 대통령 선거에 출마하면서 노란 옷과 경쾌한 이 노래를 상징송으로 채택하며 더욱 알려졌다.

이달이 가면 4월은 또 1년이 지나야 올 것이다. 그러면 4월 16일은 더 희미해지겠지만 개나리는 다시 필 것이다. 개나리가 피면 우리의 가슴속에 노란 리본을 달자. 노란 리본을 달고 피기도 전에 져버린 꽃들을 불러보자. 그리하여 우리의 눈물로, 우리의 기도로 그 꽃들을 피워보자. 4월이 오면.

프로메테우스는 고마운 존재인가?

촛불, 횃불, 모닥불, 아궁이의 장작불 등. 타오르는 불꽃은 다 아름답다. 선홍의 빛깔이 아름답고 오묘한 율동이 아름답다. 잠시도 멈춰 있지 않고 천만 가지로 변하는 불꽃의 모습을 가만히 지켜보고 있노라면 천의 영혼을 가진 발레리나가 불 속에 숨어서 환희의 춤을 추는 것 같기도 하고 붉은 탈을 쓴 악마의 아름다운 유혹의 몸짓 같기도 하다. 변화무쌍하면서도 자연스러운 너울거림. 세상에서 제아무리 뛰어난 안무가가 있다 하더라도 불꽃의 율동을 흉내내지는 못하리란 생각이 든다. 장작이 아궁이에서 타고 난 뒤의 불잉걸은 또 어떤가. 아무리 잘 익은 석류알이 저토록 붉게 아름다울 수 있을까. 오상고절의 충신의 피가 저렇게 붉을 것이며 순수무구한 소녀의 순결한 사랑이라면 저 빛깔일까. 옛날에는 이 불잉걸을 화로에 담아두고 난방도 하고 인두도 달구고 할아버지 곰방대 담뱃불도 붙이고 눈 내리는 밤 썰어 말려둔 가래떡편을 구워 먹기도 했다.

이러한 살아 있는 불은 살아 있는 생동감이요, 온기요, 아름다움이다. 그러나 이토록 정겨운 불들이 우리 주위에서 점차 사라져가고 있다. 그 불들이 사라진 곳엔 어김없이 전기가 자리하고 있다.

밤의 한반도를 찍은 위성 사진을 보면 남쪽은 반이 노란색이고 북쪽은 평양 인근만 노란색이다. 황금 가루를 뿌려놓은 듯 아름답게 빛나는 그 노란색은 국력의 상징이기도 하다. 사람들은 위성 사진에서 노란색이 많은 나라가 세계를 지배할 수 있을 거라고 믿고 있다. 현대의 국가 간의 다툼의 대부분은 이 노란색이 많아지기 위한 싸움이다. 빈약한 구실과 세계적 비난에도 아랑곳없이 이라크 전쟁을 일으킨 미국의 속셈도 이 노란색을 더 갖기 위한 철면피한 행위에 다름 아닐 것이다. 그러면 모든 나라가 한사코 더 갖기를 원하는 이 노란색의 정체는 무엇이며 그 노란색 아래서 인간들은 무엇을 할까.

위성에서 바라본 노란색의 정체는 불빛의 집합체이다. 이 불빛은 곧 전기에너지의 발현된 모습이기도 하다. 전기는 옛날에 불이 하던 모든 일들을 대신할 뿐만 아니라 이 세상이 거대한 유기체처럼 살아 움직이게 하는 원천이기도 하다. 전기가 끊기면 사회는 죽어버린다. 발전량이 많고 전기를 많이 사용하는 나라가 선진국인 것이다. 이 전기가 하는 중요한 역할 중의 하나가 밤을 낮처럼 환하게 밝히는 일이다.

하루의 반은 낮이고 반은 밤이다. 신이 밤과 낮을 공평하게 절반씩 만들어놓은 것은 그만한 까닭이 있었을 것이다. 그러나 인간들은 그 절반에 만족하지 못하고 밤을 낮처럼 잘라 쓰기 위하여 불을 만들었다. 밤을 낮처럼 밝힐 대단한 불을. 이렇게 대단한 불빛 아래서 그들은 무엇을 하고 있을까. 위성에서 본 그 노란색 아래서 인간들이 무엇을 하고 있는지 한번 들여다보자.

　노란색의 진원지는 도심이다. 어둠이 짙어지면 더욱 휘황찬란하게 빛나는 불빛들. 음식점, 주점, 오락실, 나이트클럽, 모텔 등의 간판들이 현란한 불빛들의 주인공들이다. 오색 불빛을 깜박거리며 저마다 아름다운 자태를 뽐낸다. 이 불빛의 유혹 속에서 사람들은 먹고 마시며 향락에 흥청거린다. 결국 이 노란색의 용도는 생산보다는 소비에 쏠려 있다. 문제는 그 소비가 건전한 편이 못 되며 이 소비를 향유하는 주인공들이 대부분 젊은이들이란 점이다.

　요즘 심심찮게 일어나는 강도 사건의 원인은 대부분 카드빚 때문이고 그 카드빚의 용도는 유흥비였다고 한다. 미래에 대한 희망을 품고 격조 높은 인간이 되기 위해 한창 사색하고 연구하며 창조적 시간을 가져야 할 젊은이들이 하루살이처럼 불을 향해 몰려든다. 자정을 넘긴 도심은 그야말로 불야성이다. 술 마시고 노래하고 춤추고, 비틀거리며 싸우고, 부도덕한 떡방아를 찧느라 돈과 체력을 소진하기도 한다. 먹고 마시고 즐기는 향락 일변도의 밤 문화에 머리는 텅 비고 가슴은 메말라간다. 빛이 밝을수록 그늘은 짙은 것. 사람들은 그 밝음 아래 깔려 있는 어둠을 보지 못한다.

　억지로 만들어진 가공의 낮. 밤의 사생아들이 활개를 치며 인간 심성을 점차 황폐화시킨다. 사이키한 인위적 불은 마음 밑바닥에 숨어 있던 인간의 유희성과 찰나적 광기와 말초적 본능을 부추겨 불의 용도를 왜곡하고 있다.

　밤하늘의 별빛, 청정한 숲 속의 반딧불이, 서쪽 하늘을 붉게 태우는 저녁놀, 강물 위에서 숨바꼭질하는 달 그림자. 이런 것들은 전기가 없던 시절의 서정이요, 불이 없이도 사람들 마음을 순치시키고 잔잔한 평화와 행복을 가져다주는 자연의 빛이다. 사람의 마음을 순화시켜주는 아름답고 은은한 자연의 불빛들은 점차 사라지고 좀더 밝고 좀더 찬란하고 좀더 자극적인 불빛들이 은근히 숨어 있는 인간의 광기를 부추기는 것 같다.

불이 없었던 그 옛날의 인간들은 마냥 불행했을까. 인간의 진정한 행복은 어디에서 찾을 수 있을까. 건강을 위해 생식하는 사람들이 늘어나고 있다. 태우는 음식에서 발암 물질이 생긴다고 한다. 불이 없는 세상에서는 현대의 몹쓸 병들이 없었을지 모른다.

인류를 멸망시킬지도 모르는 가공할 무기, 화재로 폭발하는 화학 공장에서 뿜어져 나오는 치명적 공해 물질, 현란한 불빛 아래서 시들어가는 인간성. 이 모든 것이 불의 남용이 만들어내는 재앙들이다.

만약 불이 없었다면 깜깜한 밤에 사람들은 무엇을 했을까. 밤이 길면 아이들만 많이 만든다는 우스갯소리가 있지만 하루의 반인 밤이 깜깜한 모습으로 온전히 보존되었더라면 문명의 발달은 좀 더디고 생활은 불편했을지 모르지만 어쩌면 사람들은 좀 더 현명해지고 자연은 그 순수를 온전히 보존하고 있을지 모른다. 하루의 절반인 그 긴 밤 속에서 사람들은 잠자고 아이 만드는 일만 하지는 않았을 것이다. 지혜와 진리는 대부분 사색과 명상을 통해서 찾아낸다. 사색과 명상을 할 때는 눈을 감는다. 눈을 감는 것은 시각을 통해 방해받을지도 모르는 밝음을 제거하고 정신 통일을 하기 위해서다. 밤은 자연스럽게 인간에게 사색과 명상의 시간을 제공해준다. 어둠은, 즉 밤은 불안하고 불편한 것만이 아닌 낮의 가치를 높이기 위한 준비 기간인 셈이다. 진정한 문명의 발전과 현명한 인류의 삶은 어둠 속에서 만들어진다. 문학, 미술, 음악, 사상 철학 등의 위대한 고전들은 모두 전기가 만들어지기 전의 작품들이다. 어둠이 인간을 현명하게 만드는 반증이 아닐까.

그리스 신화에는 프로메테우스가 인간을 위해 불을 훔쳐다 준 벌로 제우스로부터 독수리에게 간을 파 막히는 벌을 받는다는 얘기가 있다. 어둠의 신 에레보스와 밤의 여신 뉙스 사이에서 태어난 자식들은 노쇠, 비난, 고뇌, 애욕, 불화, 거짓말 등의 부정적 의미를 가진 신들이다.

그리스 신화는 BC 8~9세기에서 AD 3~4세기까지의 그리스어를 사용하는 여러 지방에 널리 퍼져 있던 설화와 전설들을 근거로 삼아 만들어진 이야기다. 그 시절은 불은 동경의 대상이었고 어둠은 불안의 원천이라고 생각했을지 모른다. 그러나 지금, 불을 둘러싼 인간들의 작태를 보라. 인간에게 불을 훔쳐다 준 프로메테우스에게 고마워해야 할지는 생각해볼 문제다.

제2부

가납사니 개똥철학

신이시여, 자연의 섭리마저 지배하려는 인간의 오만을 용서하시고 잃어가는 겸허를 다시 찾게 해주소서.

고구마의 항변

10월은 단풍의 계절이다. 10월 초 설악산에서 시작된 단풍은 자연의 은혜를 골고루 전하며 남으로 남으로 흘러내려 10월 말 내장산에서 절정을 이룬다. 그러나 나의 10월에는 단풍 말고 또 다른 스토리가 똬리를 틀고 있다.

아내가 작년에 갔던 내장사를 또 가자고 한다. 단풍이 정말 환상적이었지만 그보다는 고구마 때문이란 걸 안다. 고구마를 워낙 좋아하는 아내는 내장사 인근 고구마밭에서 사 온 속이 노란 고구마 맛을 잊지 못해 일 년 내내 고구마 타령이었다. 이쯤에서 독자들은 또 다른 스토리는 필경 '고구마 얘기'이겠구나 하고 눈치챘을 것이다. 그렇다. 단풍 얘기야 넘치도록 많으니 나는 고구마 얘기나 하련다.

고구마를 좋아하는 도회지 사람들은 내 아내처럼 먹을 줄은 알아도 고구마에 대해 잘 모른다. 어릴 적 어머니 따라 고구마 농사를 지어본(지었다기보다 도와드렸다는 것이 정확하겠다) 나는 지금으로선 큰 정서적 자산이 되는 경험을 했다. 10월은 바로 고구마 수확철이다. 고구마는 무상일수(無霜日數)에 맞추어 심고 수확한다. 무상일수란 서리가 내리지 않는 기간을 말한다. 대략 4월 중순에서 10월 말까지가 되겠다.

고향 거제도는 들이 적고 산이 많은, 섬이라는 지형적 특성 때문에 벼농사는 별로 짓지 않고 대부분 밭농사였다. 밭에 보리와 고구마를 이모작으로 번갈아 심었다. 고구마는 직접 재배해보지 않은 사람들은 믿지 못할 독특한 방법으로 번식을 한다. 거의 모든 작물들이 씨를 뿌려 파종을 하지만 고구마는 줄기마디를 파종한다.

이른 봄, 따로 잘 보관해두었던 종자 고구마를 인분, 퇴비 등을 듬뿍 넣은 텃밭 묘상에 묻어, 짚이나 보릿대를 덮어 보온을 해두면 3, 4일 만에 순이 올라와 종자 고구마가 지니고 있던 자양분을 쑥쑥 뽑아 올려 무서운 기세로 줄기를 키운다. 줄기가 넌출하게 자라면 잎줄기가 올라온 세 마디씩을 잘라 경사진 넓은 밭에 이랑을 만들어 한 발 정도 간격으로 심는다. 뿌리 한 올 없는 싹둑 잘린 민줄기를 언덕배기 척박한 땅에다 심어두어도 아금바리 뿌리를 내리고 고구마가 열리는 걸 보면 신통하기 짝이 없다. 잘린 줄기의 땅에 묻힌 한쪽 끝은 뿌리를 내리고 나머지 한쪽 끝은 새순을 틔운다. 다른 아무런 작물도 잘 자랄 것 같지 않은 배질배질한 땅에서도 억척스레 뿌리를 내리고 뿌리 알을 키워내는 고구마의 꿋꿋한 기상은, 이런저런 환란으로 피폐해진 사회 환경 속에서도 좌절하지 않고 오늘날 이만큼의 영화를 이루어낸 우리 민족의 끈기와 의지를 많이 닮았다.

햇살이 따가워지면 고구마 덩굴이 무럭무럭 자란다. 덩굴이 무성해지면 알이 밑들기 시작하는데, 고구마 알뿌리가 제법 튼실해질 무렵이면 꿩과 아이들의 서리 대상이 된다. 소나 염소 먹이를 갔다 돌아올 때나 나무하러 갔다가 저뭇하여 돌아올 때, 헛헛한 배를 채우기에는 고구마가 더없이 안성맞춤이다. 이제 막 알이 밴 연한 뿌리를 옷깃에나 마른 풀에 썩썩 문질러 흙을 털어내고 아작아작 씹어 먹던 생고구마 맛이란……. 꿩이란 놈도 고구마를 무척 좋아해서 사랫길에 숨어 앉아, 눈에 보이지도 않건만 어떻게 아는지 밑이 잘 든 놈만 골라 발로 두둑을 허적거려 파낸 다음 쪼아 먹던 모습이 눈에 선하다. 서리해 먹는 고구마 맛은 새나 사람이나 한 맛 더 낫지 싶다.

고구마는 추위에 약해서 껍질이 벗겨진 부분은 쉬이 썩어버린다. 그래서 껍질이 벗겨지거나 상처 나고 못생긴 놈들은 골라 얇게 저며 초가을 햇볕에 말려 빼때기를 만들고 새새스런 작은 뿌리는 살짝 쪄서 적당히 말려 말랭이를 만든다. 녹말 가루가 하얗게 핀 바싹 마른 빼때기는 한겨울에 콩이나 팥과 함께 사카린이나 당분을 넣어 푹 삶아 단팥죽 비슷한 것을 만들어 주식이나 간식으로 먹고, 달고 쫀득쫀득한 말랭이는 군것질거리가 되었다. 세상이 변해 지금은 기호식품으로 사랑을 받고 있지만 곤궁했던 시절 고구마는 보리와 더불어 가난했던 우리네 민초들의 생명을 연명하게 해준 고마운 양식이었다.

모든 채소와 곡물들이 어김없이 꽃을 피우지만 그중에서도 배추나 유채, 메밀, 도라지 등은 먹거리보다 꽃이 더 아름다운 작물들이다. 그런데 유독 고구마는 밭에서는 꽃을 잘 피우지 않는다. 야생 고구마나 분재에 키우는 고구마에서 드물게 꽃이 피는 것을 보면 본래 꽃이 피지 않는 작물은 아닌 성싶다. 어렵사리 볼 수 있는, 나팔꽃처럼 생긴 연보라색 고구마 꽃은 그렇게 아름다울 수가 없다. 그런데 왜 밭에 키우는 고구마는 꽃을 피우지 않을까. 다소 엉뚱할지 몰라도 고구마의 인간에 대한 무언의 항변이 아닐까 생각해본다.

고구마는 뿌리, 잎, 줄기 모두 하나도 버릴 것이 없다. 뿌리는 인간의 주식 및 간식으로, 잎이 달린 줄기는 반찬으로, 굵은 원줄기도 결국에는 인간의 먹이가 될 염소나 소의 사료로 쓰인다. 식물이 씨나 열매를 맺는 건 번식을 위해서다. 고구마는 씨 대신 알뿌리에다 번식을 위한 영양소를 저장한다. 그러나 인간들은 잎은 잎대로 줄기는 줄기대로, 번식을 위해 저장해둔 뿌리마저 깡그리 가로채 간다. 고구마뿐만 아니고 인간에게 이용 가치가 있는 모든 동식물이 다 그럴 것이다. 어찌 보면 인간이란 존재는 자연계에선 독소 같은 존재일지도 모른다. 자기네들의 편의와 이익에 따라 생태적 순리는 무시한 채 어떤 종은 도태시키고, 때로는 변종을 만들어내기도 하며 자연을 조종하고 지배하려 든다. 유전자 변종 곡물의 유해성이 국제적 논란의 대상이 되는 것도 한 예일 것이다. 이런 오만이 종국엔 어떤 결과를 가져올지 염려스럽다.

인간들은 영악하고 영리하여 채소나 곡물을 재배하여 잎과 열매를 먹이로 이용하는 한편, 꽃은 꽃대로 자기네들 정서를 위한 관상용이나 관광거리로 삼는다. 제주도의 유채꽃이나 봉평의 메밀꽃처럼.

비와 바람과 태양의 도움으로 어렵사리 키워놓은 새끼들, 그 뿌리 알을 모조리 가로채 가는 인간들에 대한 고구마의 심사는 어떠할까. 참으로 밉살스럽고 원망스러울 것이다. 그런 인간들에게 '너희들이 뭐가 예뻐서 보고 즐기라고 꽃까지 피우냐, 번식에 아무 도움도 되지 않는 꽃을' 하는 심정이 아닐까. 고구마가 꽃을 피우지 않는 까닭은 이러한 인간의 이기와 오만에 항의하는 몸짓일 것이다. 그렇게 본다면 고구마는 인간의 극성스러움 때문에 꽃피울 순정마저 잃은 셈이다.

꽃피울 순정은 잃었을지라도 고구마는 우리 마누라 땜에 조금은 위안이 되었을지 모른다. 그 환상적인 내장산 단풍보다도 너의 노란 정체성에 열광하여 몇 년을 그 먼 내장산을 찾았으니……. 그러던 어느 해, 그 길가 고구마 밭은 멋진 펜션으로 바뀌어 있었고 마누라의 실망과 함께 연례 행사였던 내장산 행도 막을 내렸다.

우적가(遇賊歌)를 읽고

영재우적(永才遇賊).

　신라 원성왕 때 승(僧) 영재(永才)가 지은 향가로『삼국유사』권5 영재우적(永才遇賊)조에 실려 전한다.

　연기설화에 따르면 승려인 영재는 천성이 익살스럽고 재물에 무심하며 또한 향가를 잘했다. 영재가 만년에 장차 남악에 은거하려고 대현령에 이르렀을 때 60여 명의 도적들이 칼을 들이대며 해를 가하려 하여도 조금도 두려워하지 않자 도적들이 이상하게 여겨 그의 이름을 물으니 영재라 하였다. 도적들은 일찍부터 그 이름을 알고 있었기 때문에 그에게 노래를 지으라고 명하였다. 이에 영재가 이 노래를 지어 부르자 도적들은 노래에 감동하여 자신 등의 행동을 뉘우치고 비단 두 필을 주고자 하였다. 이에 영재는 "재물이 지옥 가는 죄악의 근본임을 알아 이제 깊은 산에 숨어서 일생을 지내고자 하는데 어찌 이것을 받겠는가." 하고 땅에다 버렸다. 도적들은 더욱 감동하여 칼과 창을 버리고 머리를 깎고 영재의 제자가 되었으며 지리산에 들어간 뒤 다시는 세상에 나오지 않았다고 한다. 이때 영재가 지어 불렀던 향가를 후세 사람들이 「우적가」라 하고 대충 번역을 하면 다음과 같다.

> 내가 지금 은거하고자 하는 것은
> 깨달음으로 인해
> 형언할 수 없는 부끄러움에
> 태양이 서산에 숨고 새가 자신의 깃 속으로 제 모습을 숨기듯
> 스스로를 숨기고자 함인데
> 내가 어찌 그대들 손에 쥐어진 병기를 두려워하겠는가
> 다만 내 번뇌를 마감할 그대들의 선업이
> 그대들이 행해온 죄업을 상쇄하기에는 현저히 미치지 못하니
> 아, 이 사실이 그저 안타까울 따름이니라

감수성이 예민했던 젊은 시절, 죽음, 이별, 사랑, 삶의 의미, 사후 세계 등, 철학적 명제를 두고 인생의 정체성에 대해 심각히 고뇌했던 때가 있었다.

사르트르, 키에르케고르, 라이프니츠, 쇼펜하우어 등을 접해보았으나 짧은 식견으로 그들의 철학적 진수에 접근조차 하지 못하고 포기하고 말았다. 그 과정에서 기독교, 불교, 원불교, 천리교 등, 여러 종교를 기웃거려본 적도 있었다. 대부분의 종교는 유일신을 믿는 배타적 교리를 가지고 있었고 신에 대한 맹목적 믿음이 전제되어야만 독실한 신앙인이 될 수 있음도 알게 되었다. 알량한 지식으로 신의 존재를 먼저 규명해야만 신앙인이 될 수 있다는 가당찮은 자만심

은 결국 보이지도 잡히지도 않는 신의 존재를 인정할 수 없었고 어영부영 무신론자의 반열에 들었다. 다만 인간을 우주만물의 근본으로 삼고 깨달음을 통해 시간과 공간을 뛰어 넘는 즉 색불이공(色不異空) 공불이색(空不異色)의 초월적 존재가 된다는 소위 인본주의(人本主義)적 불교의 종교철학이 그나마 납득할 수 있는 종교 교리로 여겨졌다. 그러나 그것도 식견으로서의 납득일 뿐 끝내 불교인이 되지는 못했다.

불교의 교리는 일체개고(一切皆苦), 제행무상(諸行無常), 제법무아(諸法無我), 열반적정(涅槃寂靜)의 사법인(四法印)으로 요약된다.

현실은 모두 고에서 출발하고, 특히 죽음을 포함한 인생의 여러 상(相)이 현실에서는 끊임없이 생멸 · 변화하고 유동한다. 당연히 자기는 실천의 중심이며 깨달음의 주체이나, 한편 많은 욕망과 번뇌에 사로잡히기 쉽다. 그것들의 밑바닥에 있는 집착(특히 아집[我執])을 버리는 것이 '무아(無我)'라고 할 것이다. 이러한 현실의 양상을 밝혀서 깨달음이 열리고, 해탈이 완성되었을 때 아무것에도 흔들리지 않는 열반의 적정(寂靜)이 실현된다는 내용으로 파악할 수 있다.

우주적 크기와 영겁적 시간에 비추어 볼 때 인간의 존재란 지극히 보잘것없는 존재라고 한다면 불교 철학의 근본은 이러한 인간의 모탈(Mortal)적 한계성을 극복하려는 보편적 철학과도 맥을 같이한다고 하겠다.

삶의 막바지에 서면 누구든 지나간 삶을 꽉 채워온 욕망들, 좀 더 가지고 싶고 이쁜 여자를 보면 취하고 싶고 남들 위에 앉고 싶고 좀 더 오래 살고 싶어 바둥거렸던 그토록 절실했던 욕망들이 그저 한 조각 뜬구름같이 부질없음을 깨닫는다. 세상에 영원한 것은 없다는 지극히 평범한 진리를 그제야 알아차린 것처럼 망연해지는 것이다.

본 향가를 이해함에 있어 영재가 승려였기에 불교적 관점에서 해석하고 감상할 것이로되 보통의 철학적 개념으로 해석한대도 큰 차이는 없을 것이다.

90세까지 장수하며 화랑과 승려로 성공한 인생을 살았던 영재가 만년에 산속에 칩거하려 함은 '제행무상'을 깨닫고 '제법무아'를 통해 '열반적정'에 들고자 함이었을 것이며, 가는 도중 도둑들과의 만남은 인과응보 즉 연기(緣起)의 결과로 인식하고 도둑들의 칼을 두려워하지 않았음은 죽음을 곧 번뇌를 마감하는 것으로 파악했거나 환생, 즉 윤회 사상에 대한 돈독한 믿음 때문일 것이다. 만약 도둑에게 죽임을 당한다고 가정했을 때 영재 자신으로서는 번뇌를 마감시켜 주는 선업(先業)으로 받아들일 수 있으나 도둑들의 입장에선 크나큰 죄업(罪業)을 짓는 결과라 안타까웠을 것이다.

이 향가가 지어진 상황을 살펴볼 때 도둑의 신분으로 영재를 알고 있었다는 것과 또 향가를 지어 부르게 한 점, 그 향가를 이해하고 감동하여 불가에 귀의했다는 내용은 합리성은 부족하다 하겠으나 이러한 설화를 통해, 깨달음(得道)을 얻는 것만이 생자필멸의 한계성을 초월할 수 있는 길이며 돈독한 종교적 신념은 도둑들도 감화시킬 수 있다는 저자 일연의 메시지를 읽을 수 있다. 여기서 열반적정에 이를 수 없는 나 같은 범인이 얻을 수 있는 교훈은 사후에 어떤 영원성을 보장받기는 힘들다하더라도 사는 동안은 좀 더 가치 있고 향기로운 삶을 영위해야겠다는 것이다.

피사리의 계절

다 자란 벼들의 푸른빛이 더욱 짙어졌다. 출수기(出穗期, 이삭이 패는 시기)가 된 것이다. 8월 중순, 이맘때가 되면 농촌에서는 뙤약볕 아래 피사리가 시작된다.

'피'는 벼 사이에서 자라는 벼와 비슷하게 생긴 잡초이며 논에서 이 잡초를 뽑아내는 일을 '피사리'라 한다. 피사리는 벼와 피가 패기 시작한 후에 한다. 패고 나면 구별이 쉽지만 잎과 줄기만으로는 분간이 쉽지 않기 때문이다. 피는 생명력이 강해서 벼논에서 뽑아 논둑이나 사랫길에 던져놓아도 흙이 있는 곳은 어디에나 다시 뿌리를 내리고 살아난다. 그래서 농사꾼에게 피는 넌더리를 내는 천덕꾸러기이다. 그러나 피가 처음부터 인간에게 천덕꾸러기는 아니었다.

아주 옛날, 우리 조상들은 피를 재배하여 식량으로 이용했다. 그러던 것이 소출도 많이 나고 맛도 좋은 벼가 등장하면서 피는 사람들의 관심 밖으로 밀려났다. 그런 중에도 필요할 때가 되면 가끔 피를 찾기도 했다. 가축들의 먹이가 궁할 때는 피의 줄기와 잎을 가축 먹이로 사용했고, 흉년이 들었을 때는 좁쌀 같은 피의 알갱이로 죽을 쑤어 끼니를 때우는 구황(救荒) 식품 역할도 했다. 생기 없는 사람을 두고 '사흘에 피죽 한 그릇 못 얻어먹은 놈 같다.' 하는 바로 그 피죽의 피다.

피는 본래 습지에서 잘 자라는 식물이다. 벼가 자라는 논 같은 습지는 처음에는 피의 땅이었다. 그랬던 것이 잘난 벼에게 밀려나 잡초 신세로 전락했다. 생존을 위해 강해져야만 했던 피는 습지, 건지 가리지 않고 흙이 있는 곳 어디든 살아야 했다. 그래도 이왕이면 본래 자기가 있던 곳인 논에서 살고자 했다. 그러나 그곳에서의 삶을 인간은 허락하지 않았다. 자라는 족족 뽑혀나가는 신세가 된 것이다. 피도 호락호락하지는 않았다. 벼와 비슷한 모습으로 닮아가는 위장술에다, 벼보다 몇 배 튼실한 뿌리로 무장하고 뽑아도 뽑아도 되살아나는 끈질김으로 인간에게 맞섰다. 이토록 사람들을 힘들게 하는 것은 필요할 때만 이용하고 이용가치가 없을 때는 가차 없이 버리는 인간의 토사구팽에 대한 앙갚음일지 모른다.

과일의 껍질이나 물건을 포장하는 껍데기도 '피'라고 한다. 그들은 벗겨지는 순간 모두 쓰레기통 신세를 면치 못한다. 그러나 껍데기 없는 알맹이는 있을 수 없다. 껍데기는 알맹이를 보호해주는 중요한 역할을 하며, 알맹이와 대칭되는 말이기도 하다. 즉 껍데기란 말이 없으면 알맹이란 말도 없었을 것이다. 알맹이와 껍데기는 불가분의 관계다. 그럼에도 껍데기는 언제나 푸대접이다.

인간사회에도 껍데기 같은 존재들이 있다. 바다에 나가 생사를 넘나들며 고기잡이하는 어부, 일 년 내내 농사를 지어도 빚만 늘어나는 농부, 죽도록 일하고도 쥐꼬리 월급을 면치 못하는 비정규직 또는 파견 근로자 등의 노동자. 가난하고 못 배우고 힘없는 사람들. 이들은 따지고 보면 사회를 먹여살리는 주체이지만 주체로서의 대접은커녕 부와 권세를 틀어쥐고 있는 기득권층 즉 알맹이들의 부를 축적하는 도구로만 쓰이는 껍데기일 뿐이다.

4, 50대 가장들이 회사에서 해고되어 힘들어하는 모습을 주위에서 가끔 보게 된다. 설립 초기에는 그들의 근면과 노력 위에 회사가 커왔으나 불경기 또는 생산 자동화 등으로 이용가치가 떨어지면 여러 명목으로 강제 퇴직을 당한다. 이들은 푸대접 속에서도 꿋꿋하게 살아가던 껍데기들이다. 문제는 벼논의 피사리는 계절이나 있지 우리 사회의 껍데기들을 쳐내는 피사리는 계절도 없다. 속한 단체가 어려워지면 그때가 바로 피사리의 계절이 되는 것이다. 대기업들은 곳간에 엄청난 부를 축적해두고도 경영 악화만 되면 애먼 껍데기들만 쳐낸다. 쫓겨 난 그들의 신세는 피사리를 당한 피의 모습이다.

뉴스를 보면 FTA하의 농민들, 무더기로 해고당한 노동자들, 갑질을 당하는 '을'들의 시위가 그치질 않는다. 생활고로 가족과 동반자살했다는 40대 가장의 얘기는 우리를 우울하게 한다. 그들도 피의 변신술과 강인함을 배웠더라면 하는 아쉬움을 가져본다.

화투판에서는 피를 피껍질 또는 피껍데기라고도 한다. 오짜리나 열짜리, 광이 알맹이라면 아무 쓸모 없는 피는 껍데기란 뜻일 게다. 화투판의 피는 옛날 민화투나 육백이란 걸 칠 때에는 아무짝에도 쓸모없는 존재였다. 그저 게임을 유지시키기 위한 들러리에 불과했다. 그러나 근자에 와서 그 피의 위상이 180도 달라졌다.

벼논의 피는 몰라도 화투판의 피를 모르는 사람은 없다. 소위 말하는 '피박' 때문이다. 이 피박이란 말은 대한민국 사람들의 입에 가장 많이 오르내리는 말일지도 모른다. 화투하면 고스톱인데, 그 고스톱에서 승부의 대부분은 피에 의한 점수로 결판이 나니 피를 소중히 모실 수밖에 없다. 그러지 못한 사람은 피박이란 낭패를 당하기 때문이다.

세상은 변하기 마련이다. 화투판에서의 피의 반전처럼 인간사에도 반전은 얼마든지 있다. 옛날, 백정이나 광대처럼 인간 대우를 받지 못하고 피쭉지같이 살던 사람들이 있었다. 그 시절 백정에 속하던 사람들이 지금은 도축 거간이나 중매인으로 부자 아닌 사람이 별로 없고, 광대 소리를 듣던 사람들은 배우나 가수 등 훌륭한 예능인이 되어 인기와 선망의 대상이 되고 있다. 인생유전이요, 제행무상이다.

최근에는 포장의 중요성이 대두되어 껍데기에 정성을 들이고 과일이나 곡식의 껍질에 영양분이 많다는 사실이 알려지면서 껍질에 대한 인식도 많이 바뀌었다. 쫓겨나 잡초 신세였던 피도 요즘은 건강식품이라는 이름으로 사람들의 관심을 조금씩 회복해가고 있다.

척박한 땅에 선 나무일수록 더욱 뿌리를 튼튼히 내리는 법. 피들은 오늘도 꿈꾼다. 포기할 수 없는 푸른 들판을.

세상의 '피'들이여, 홧팅!

이 땅의 '껍데기'들이여, 아자 아자!

하옹지모(河翁之帽)

대머리를 점잖은 말로 독두라 한다. 민둥산은 독산이고, 정수리에 털이 없는 수리새는 독수리다. 여기서의 독 자는 공히 대머리 독(禿) 자이다. 사람이나 자연이나 독 자가 들어가면 볼썽사나워진다. 내가 독두가 될 줄은 10여 년 전만 해도 꿈에도 생각하지 못했다.

40대 중반을 지날 때까지만 해도 머리를 감고 말리는 데 불편할 정도로 머리숱이 많았다. 그때의 내 머리는 산으로 친다면 울울창창한 숲이었다. 쉰이 가까워지면서 원인을 알 수 없는 탈모로 인해 한 해가 다르게 숲이 황폐해지기 시작했다. 이래서는 안 되겠다 싶어 산림 복원 작업에 나섰다. 발모에 좋다는 음식도 먹어보고 약도 바르고 두발 클리닉 센터도 다녀보았으나 한번 황폐해진 숲은 회복될 기미를 보이지 않았다. 아내는 머리 때문에 한결 늙어 보인다며 자산(自山)의 나무를 옮겨 심든지(아래쪽 모근의 이식) 인공 숲(가발)을 만들든지 하라지만 전자는 비용이 만만찮으며 과정도 고통스러울 것 같고, 후자는 쓰고 벗고 관리하기가 귀찮을 것 같아 그냥 생긴 대로 살기로 마음먹었다. 하지만 탈모가 점점 심해지면서 억울하고 속상한 일이 자꾸 생겼다.

언젠가 옛날에 근무했던 여직원이 결혼 후 처음으로 네 살짜리 딸을 데리고 사무실에 들렀는데 꼬마가 나를 보고 할아버지라 불렀다. 난생처음 들어보는 할아버지 소리에 나는 황당한 표정을 지었고 꼬마의 엄마는 당황해 어쩔 줄을 몰라 했다. 그때만 해도 탈모가 많이 진행되기 전이었고 할아버지 소리를 듣기에는 이른 나이였지만 정수리 부분이 제법 훤한 모습이 꼬마의 눈에는 할아버지로 보였던 모양이다. 속으로는 다소 어이없다는 생각이 들었지만 단순하고 정직한 아이의 눈에 그렇게 비쳤다면 도리가 없는 노릇이다.

탈모가 제법 진행된 후에 친구들과 어울려 식당 같은 델 가면 머리숱이 많은 친구들은 종업원으로부터 아저씨라 불리는데 나는 어르신이라 불릴 때가 가끔 있다. 머리가 빠지기 전엔 내가 제일 젊어 보인다고 했는데……. 요즘은 60이 청춘이라는데 지명(知命)에 할아버지 소리를 듣기는 싫었다. 그래서 궁여지책으로 생각해낸 것이 모자를 써보는 것이었다.

모자에 관심을 가져보니 모자 종류가 엄청나게 많음을 알게 되었다. 우리가 중절모라고 하는 파나마모자, 해군모자같이 생긴 세일러 거브해트, 일본말로 도리우치라고 하는 헌팅캡, 목동들이 쓰는 카우보이모자, 마술사들이 주로 쓰는 볼러, 라틴 음악의 대부 트리오 로스판초스의 트레이드 마크 텐갈렌, 〈로마의 휴일〉에서 오드리 헵번이 썼던 카노테르, 〈닥터 지바고〉의 나타샤가 썼던 토크, 에스키모나 러시안들이 쓰는 방한모 코작, 터키인들의 전통 모자 페즈, 동남아인들이 즐겨 쓰는 우리나라 삿갓 비슷하게 생긴 콜리, 중동 남자들이 쓰는 터번, 여자들이 쓰는 히잡 그리고 내가 즐겨 쓰는 베레모 등. 이 외에도 수많은 종류의 모자가 있었다. 이 많은 종류의 모자가 거의 서양 모자인 걸로 보아 서양인들은 모자 쓰기를 무척 좋아했나 보다. 그중에서도 프랑스 루이 16세의 왕비, 마리 앙투아네트의 모자 패션은 많은 화제를 남기기도 했다.

처음에는 중절모와 중절모 비슷한 페도라를 써보았는데 이런 종류의 챙이 있는 모자는 한두 가지 난처한 점이 있었다. 바람이 불면 쉽게 벗겨져버린다는 것과 실내에서는 모자를 벗어야 한다는 서양식 예법 때문이다. 독두를 카무플라주하기 위해 쓰는 모자를 실내에서 벗어야 한다면 별무소용이다. 여러 가지 모자를 섭렵하며 나에게 어울리고 실내에서도 쓸 수 있는 모자를 찾다가 최종 선택된 것이 지금 쓰는 베레모이다. 같은 서양 모자이지만 챙이 없는 모자여서인지 베레모는 실내에서 쓰는 것이 용납되는 것 같았다.

어디선가 보았던 한 장면이 떠오른다. 연미복을 우아하게 차려입은 영국 신사가 점잖은 자세로 한껏 폼을 잡으며 숙녀들 앞을 걸어가고 있었다. 머리에는 멋진 페도라를 쓰고 손에는 개화장(開化杖)을 들었다. 갑자기 한 줄기 바람이 불어와 모자는 날아가고 그 속에 감추어졌던 대머리가 드러나버렸다. 굴러가는 모자를 줍기 위해 이리저리 허둥대는 모습이 민망스럽기 짝이 없다. 신사 체면이 여지없이 무너지는 순간이다. 내가 중절모를 썼을 때 이와 같은 경험이 있었다.

우리 조상들은 갓, 패랭이, 초립, 벙거지, 전립, 망건, 감투, 면류관 등 지위나 직업에 따라 다양한 모자를 썼으며 종류 또한 서양에

못지않았다. 모자 중에서 제일 많이 사용하는 것이 선비들이 쓰는 갓이다. 선비란 벼슬을 하지 않았으나 학식을 갖춘 양반 대중을 말하는데 그들은 갓 아래에 탕건이란 모자를 하나 더 썼다. 모자를 이중으로 쓰는 민족은 우리밖에 없을 것이다.

여기서 조상들의 지혜를 가늠해본다. 갓은 말총으로 만들어 가볍고 멋스러우며 대부분 검은색이어서 흑립(黑笠)이라고도 한다. 흰 도포에 검은 갓이 주는 담백하고 절제된 이미지는 선비 정신을 표현한 패션 앙상블로도 손색이 없다. 그런데 갓 아래 탕건은 왜 썼을까. 선비들은 공식적인 자리에 참석할 때나 외출할 때, 또는 손님을 맞을 때 반드시 의관을 정제하지만 편한 자리에서는 갓을 벗는다. 옛날이라고 탈모가 없었겠는가. 이때 대머리나 머리숱이 적어 볼품없어진 상투를 감추어주는 것이 탕건이 아니었을까. 갓은 중절모보다 오히려 챙이 더 넓어도 바람에 날려갈 염려가 없다. 갓에는 갓끈이 있어 턱 밑으로 단단히 묶었기 때문이다. 덕택에 모자를 줍기 위해 허둥거리는 체신머리 없는 짓은 하지 않아도 된다. 모자에 있어서는 우리가 영국 신사보다 한 수 위였던 것 같다.

궁여지책으로 쓰게 된 모자이지만 모자 덕을 본 점도 있다. 모자를 쓰기 전엔 아저씨, 할아버지, 사장님, 어르신, 카페 모임에서는 너러바회 등, 다양한 호칭으로 불렸다. 그러던 것이 베레모를 쓰고 난 뒤로는 '선생님'이라는, 비교적 격이 있어 보이는 호칭으로 통일되었고 사람들이 나를 대하는 태도도 정중하고 친절해졌다. 아마 화가나 예술가들이 베레모를 즐겨 썼기 때문에 나도 그 카테고리쯤으로 여겨서지 싶다. 하기야 지금 하는 일이 디자인 쪽이니 나도 예술

가라면 예술가이다. 모자 하나가 대인관계에 있어서의 이미지와 품격에 이토록 큰 영향을 줄 수 있다는 것도 예전엔 미처 생각 못한 부분이다. 유명인들이 왜 패션에 신경을 쓰는지, 코디네이터가 왜 필요한지 조금은 알 것 같기도 하다. 하지만 외양은 외양일 뿐이다. 호박에 줄 긋는다고 수박이 되지 않듯이 포장이 아무리 그럴듯해도 알맹이의 견실함이 없다면 빛 좋은 개살구에 지나지 않는다. 외관에 걸맞은 내실 또한 갖추어야만 진정한 멋이 될 것이다.

감투 쓴다는 말이 있다. 감투는 높은 벼슬아치들이 썼던 모자이다. 즉 높은 지위나 출세의 상징인 거다. 그래서 한 자리 하는 것을 두고 감투 쓴다고 한다. 사람들은 누구나 감투 쓰는 것을 좋아해 감투를 서로 쓰겠다고 싸움질이다. 정치판의 이전투구도 따지고 보면 다 감투싸움에 다름 아니다. 감투 쓰는 것은 좋으나 그것에 걸맞은 책임과 의무와 품행이 있어야 함은 말할 나위 없다. 그럴 만한 자격이 없는 사람이 감투를 쓰게 되면 모두가 불행해진다.

자의든 타의든 베레모를 쓰고부터는 선생님이라 불리게 되니, 실속은 없지만 이것도 감투라는 생각이 들어서인지 그것에 어울리는 이름값을 해야 하는 부담도 생긴다. 그래서 은연중 '선생님'다운 품위를 갖추려는 노력을 한다.

한 때 탈모로 인해 고민을 했지만 그 때문에 모자를 쓰게 되었고 모자는 나를 범인(凡人)에서 '선생님'으로 격상(?)시켜 주었다. 곁들여 격상된 품격에 걸맞은 사람이 되기 위한 수신지로(修身之勞)까지 하게 되었으니 적어도 내게는 세상만사 새옹지마(塞翁之馬)가 아니고 하옹지모(河翁之帽)이지 싶다.

북극성, 지다

강을 사이에 두고 동쪽과 서쪽이 사뭇 다르다. 동쪽은 소음과 매연으로 찌든 늙은 도시가 있고 서쪽은 믿기지 않을 정도로 맑은 공기와 푸른 녹지가 펼쳐져 있다.

회색 얼굴을 한 동쪽의 도심을 지나 강을 건너면 바람결부터 싱그럽고 부드럽다. 녹색 자연의 영접을 받으며 시원한 강변도로를 따라 남쪽으로 내려가면 녹산공단이 나온다. 녹산공단은 서부산 녹산 앞바다를 매립하여 조성한 아주 큰 국가공단이다. 조용하고 깨끗한 것이 여기가 공단이 맞나 싶게 쾌적하다. 맑고 상큼한 바람 속엔 어렴풋이 갯냄새도 묻어 있다. 굴뚝 없는 무공해 산업단지라 깨끗한 건물들이 정오의 햇살 아래 평화로워 보인다.

점심시간이 시작될 무렵에 도착한 까닭으로 박 과장과 구내식당으로 식사를 하러 갔다. 식당 안은 한꺼번에 쏟아져 나온 사람들로 붐볐고 앉을 자리도 마땅치 않았다. 마침 두 사람 자리가 비어 있는 곳이 있어 우리는 그곳에 앉았다. 4인 식탁에 먼저 앉은 두 사람은 외국인 근로자인 듯한 30대 중반의 서양인 남녀였다. 작업복만 입지 않았다면 배우라 해도 믿을 만큼 준수한 용모였다. 둘러보니 외국인 근로자로 보이는 사람들이 드문드문 보인다.

"이 회사엔 외국인 근로자가 제법 많군요?"

"네, 생산직 종업원의 3분의 1 정도가 외국인 근로자입니다. 특히 우리 회사는 러시아 사람이 많은 편입니다. 부부가 같이 나와 일하는 사람도 더러 있구요. 요즘은 외국인 근로자 아니면 공장 돌리기도 쉽지 않습니다."

새삼스럽게 둘러보니 하얀 얼굴에 단정해 보이는 러시아인의 모습이 더러 보인다. 남녀 할 것 없이 이목구비가 뚜렷한 것이 다 잘생긴 얼굴이다. 우리 식탁의 두 사람도 러시아인 부부라 했다. 내가 목례를 건네자 두 사람이 동시에 선량한 미소로 답례를 한다. 박 과장의 설명으로는 앞에 앉은 부부는 러시아에서 초등학교 교사를 하던 사람들이란다. 남자가 먼저 산업연수생으로 왔다가 부인을 불러들였는데 부인은 불법체류자 신분이라 했다. 초등학교 교사라면 현재 우리나라에선 최고의 직업이요, 선망의 직장이다. 그런 사람들이 이곳에서 단순 근로자로 일하는 걸 보면 러시아의 현실이 어떤지 짐작이 간다.

러시아는 자원과 문화와 과학기술 등 모든 것을 갖춘 강국이었다. 또한 우리와는 국경을 접한 이웃이었다. 다만 우리는 그들에게 보잘것없는 이웃이었고 터무니없는 핍박을 당해도 항변 한 번 할 수 없는 존재일 뿐이었다. 일제강점기에 굶주림, 정치망명, 독립운동 등, 이러러한 이유로 연해주로 이주해간 20만 명에 가까운 우리 동포들을 종전 후 그들은 어떻게 했는가. 중앙아시아로의 무자비한 강제 이주 정책, 그것은 한 편의 잔혹사였으며 아직도 겨레의 아픔으로 남아 있다.

승전국의 프리미엄으로 한반도의 반 토막, 북한을 승리의 전리품으로 장악하여 우리에게 국토 분단의 아픔을 안겨준 장본인이며 공산주의의 종주국, 동서의 첨예한 이데올로기로 양극화된 세계의 한 축, 인근 약소국들을 힘으로 굴복시켜 소비에트 연방이란 거대한 국가연합을 만들어 그 중심에 있던 나라, 해방 후의 대한민국으로선 감히 올려다볼 수조차 없는 까마득한 선진강국이 아니었던가.

그러나 지금은 지난날의 힘과 패기는 어디에도 찾아볼 수 없다. G2의 자리도 중국에 내어준 지 오래다. 1991년 소련연방이 붕괴되면서 날개 꺾인 독수리 신세가 되었다. 정치적 고립무원은 물론이려니와 경제 또한 피폐해져 국민들의 생활은 말이 아니다. 그 자존심 강한 러시아인들이 과거 자기네들이 까레이스키라며 업신여겼던 그 까레이스키의 나라에서 이 눈치 저 눈치 보며 질곡의 세월을 견디는 현실은 기막힌 역사의 아이러니가 아닐 수 없다. 불과 반세기 만에 역전되어버린 위치를 생각하면 그때의 정치 현실이야 어찌되었건 좌우의 갈림길에서 자유민주주의를 선택해준 우리 선대들에게, 아니면 조국의 운명에 고마운 마음이 든다.

옛날 광고 카피에 "순간의 선택이 10년을 좌우한다."라는 것이 있었다. 광복 후 모든 것이 혼란스러운 그 순간, 비록 반쪽이긴 하지만 자유민주주의를 선택한 우리는 얼마나 다행인가. 우리(남한)마저 공산주의를 선택했거나 공산화되었다면 조국의 운명은 어떻게 되었을까? 정말 생각만 해도 아찔한 일이다. 우리는 살면서 수많은 선택을 하여야 한다. 개중에는 올바른 선택도, 그렇지 못한 경우도 있었을 것이다. 되돌아보면 나라도, 나도 비교적 바른 선택으로 여기까지 온 것 같다. 어쩌다 분에 넘치는 욕심이 생기거나 교만해지려 할 때 나는 북한 동포들을 생각하며 자신을 다스린다.

모든 것이 생소한 타국에 와서 오직 가난에서 벗어나보겠다는 일념으로 3D 업종에 종사하며 힘든 나날을 보내고 있는 러시아인들을 보며 영원한 강자도, 영원한 약자도 없다는 진리 또한 배운다. 납품을 하고 돌아오는 내내 러시아인 부부의 얼굴이 어른거린다. 역사의 소용돌이 속에서 빈곤이라는 굴레를 쓰고 이역만리 낯선 곳에 와서 고생하는 그들이 코리안 드림의 결실을 맺어 좋은 추억을 안고 자기 나라로 돌아갈 수 있기를 마음속으로 기원해본다.

다시 강을 건너자 예외 없이 도심의 번잡함이 눈과 귀를 어지럽힌다. 그러나 이제는 그 번잡함이 오히려 정겨워 보인다. 짧은 시간 두서없이 흘러온 상념들을 서툰 시조 한 수로 마무리해본다.

북극성 지다

삭풍에 고목 되니 옛 영광 부질없다
격랑의 세월 속에 파리한 이파리들
옛 변방 작은 나라에 심어보는 꿈의 싹

낯설고 외로워도 견뎌야 할 세월들
파도에 부서지는 망향가 가뭇없다.

크레인 걸린 달 속에 엇비치는 얼굴들

류리크 로마노프 빛나던 크레믈린
동방의 군주라고 힘주던 때 언제든가
무상한 된바람 속에 스러져간 북극성

■
바이러스

세상에서 제일 큰 것이 뭘까? 하고 묻는다면 순간 어리벙벙해지며 머릿속이 복잡해질 것이다. 그러나 아이들의 입에선 금방 답이 나온다. '하늘 대왕구'라고. 요즘은 어떨지 모르겠으나 옛날엔 제일 큰 것을 표현할 때는 하늘 대왕구만 하다고 했다. 무슨 뜻인지 모르지만 너나없이 그렇게 표현했다. 미루어 생각건대 하늘이라는 광대무변에다 대왕구(大王球) 즉 구형의 으뜸이라는 뜻일 게다. 둥근 입체의 으뜸은 무엇일까. 그것은 우주일 것이다.

내가 어릴 적에 읽었던 책에 미국과 소련이 우주선을 타고 달나라에 가서도 달을 서로 차지하겠다고 싸운다는 이야기가 있었다. 그때만 해도 옥토끼와 계수나무를 믿고 달을 향해 치성을 드리던 시절이라, 우주 여행은 말 그대로 공상 속에서나 있을 법한 얘기였다. 그러나 그로부터 20년도 채 지나지 않아 인간이 달에 착륙하는 일이 현실이 되어버렸다.

우리가 사는 지구는 태양계에 속해 있고 태양계는 은하계 속의 한 점에 불과하며 이 우주 속엔 6000만 개 정도의 은하계가 존재한다고 한다. 밤하늘에 금가루를 뿌려놓은 듯한 수많은 별들. 육안으로 보이는 별들은 우리 태양계가 속해 있는 은하계의 극히 일부이다. 그 일부분에 속하는 별들 간의 거리도 너무 멀어 광년으로 표시한다. 1광년은 빛이 일 년간 달린 거리이며 약 10조 킬로미터이다. 과학자들은 이 우주의 크기는 몇백억 광년의 크기일 것으로 추정하고 있다. 우주의 나이나 크기 등을 생각하면 인간이라는 존재는 너무나 초라해진다. 그러나 그 반대의 경우도 있다. 그것은 마이크로의 세계다. 마이크로의 세계에서는 인간의 육체는 우주보다도 더 크고 위대하다. 인류는 망원경의 발달로 더 멀고 더 넓은 우주를 관찰할 수 있게 되었고 현미경의 발달로 더욱더 작은 극소의 세계를 규명하게 되었다. 극소의 세계에서 본다면 우리 몸은 인간의 숫자 개념으로는 가늠할 수조차 없는 수많은 세포와 물질로 구성되어 있는 거대한 조직이다.

오래전에 보았던 SF영화 중에 〈마이크로 결사대〉라는 것이 있었다. 인류에 크나큰 영향을 미칠 중요한 사람이 뇌에 혈전이 생겨 죽게 되었는데 사람이 잠수정을 타고 축소 기계를 통해 눈에 보이지 않을 정도로 축소되어 혈관 속을 항해하여 뇌까지 가서 막힌 혈관을 뚫어 사망 직전의 사람을 살려낸다는 내용이었다. 영화를 볼 당시에는 허무맹랑한 공상과학영화에 지나지 않았으나 지금은 마이크로 카메라를 장기나 혈관 속에 넣어 우리 몸의 구석구석을 관찰하는 세상이 되었다. 인간은 상상력과 호기심의 동물이고 그 호기심은 과학의 발전으로 이어져 끝내는 상상의 세계를 현실로 만들고 만다.

피가 붉게 보이는 것은 피 속에 가장 많이 포함되어 있는 적혈구 때문이다. 한 방울의 피 속엔 수억 개의 적혈구가 들어 있고 각각의 적혈구 속엔 또 수억 개의 헤모글로빈 분자가 들어 있다. 그 분자 속엔 다시 수만 개의 원자가 들어 있다. 옛날엔 원자가 최소 단위의 미립자로 생각했으나 근자엔 그 원자 속에 핵이 있고 그 핵 속에 중성자와 양성자가 있음을 알게 되었다.

병리학적으로 가장 미소한 감염성 세균 인자는 리케차이다. 리케차는 중성자나 양성자에 해당할 것이다. 그런데 리케차보다 더 작은 것이 바이러스이다. 인간이 규명한 제일 작은 존재가 바이러스인 셈이다. 그런데 이렇게 작은 바이러스가 인체에 치명적 병들을 일으킨다. 문제는 바이러스성 질병들은 아직은 치료제가 없다는 것이다. 치료제가 없다는 것은 언젠가는 바이러스로 인해 인류가 멸망할 수도 있다는, 신의 영역에 도전한 인간에 대한 경고가 아닐까. 바이러스는 광학현미경으로는 관찰이 불가능하고 전자현미경으로만 가능하다고 한다. 제일 작은 이 바이러스가 인간에게는 제일 무서운 치명적 존재라니 아이러니가 아닐 수 없다.

옛날에는 보이는 것만이 세상의 전부인 줄 알았다. 현미경의 발달로 지금은 보이는 세계보다 보이지 않는 세계가 더 많고 복잡하다는 것을 알게 되었다. 원자, 분자, 중성자, 양성자, 세균, 박테리아, 바이러스 등. 보이지는 않지만 세상의 모든 물질을 지배하고 있는 극소의 존재를 규명하기란 우주를 규명하는 것보다 더 어렵다. 점점 더 작은 세계로 인간의 능력이 미치자 옛날에는 없던 단위도 생겼다. 백만분의 1을 나타내는 마이크로란 단위가 있지만 지금은 10억분의 1을 나타내는 나노란 단위가 생겼다. 극소의 세계로 향하는 인간의 관심과 연구는 우주를 향한 그것보다 훨씬 깊고 집요하다. 그것은 그것이 그만큼 인간에게 미치는 영향이 클 뿐만 아니라 더 가치가 있기 때문일 것이다.

바이러스는 라틴어로 '독'이라는 뜻이다. 독이란 해를 끼치는 독한 물질을 말한다. 아직은 인간이 대항할 수 없는 독소인 바이러스가 앞으로 얼마만큼 인류를 위협할지 알 수가 없다. 해를 끼치는 독소가 바이러스라면 우리 사회엔 너무나 많은 바이러스가 만연되어 있다.

컴퓨터 세대가 골머리를 앓는 컴퓨터 바이러스란 게 있다. '트로이의 목마', '미켈란젤로', '13일의 금요일', '백 도어', '웜' 등. 수도 없이 많은 컴퓨터 바이러스가 소중한 자료들을 무용지물로 만들어 사회의 정보 시스템을 마비시켜버린다. 그러나 컴퓨터 바이러스보다도 더 무서운 건 컴퓨터 중독증이다. 컴퓨터 바이러스는 재화의 손실에 그치지만 컴퓨터 중독증은 인간성의 황폐화와 함께 건강마저 피폐하게 만들어 죽음에 이르게 하기도 한다.

그런가 하면 4, 50대 여성들에게 치명적 바이러스도 있다. 그것은 우울 또는 조울증이다. 내 주위에서만 4, 50대 주부가 자살하거나 정신병원에 간 경우를 심심찮게 본다. 우울증으로 자살하는 주부의 대부분은 경제적으로 부유하다는 특징이 있었다. 이것은 많은 것을 생각케 한다. 개인의 가치관, 사회의 구조, 가족의 구성 조건 등. 여러 가지 이유를 유추해볼 수 있으나 제일 큰 이유는 소외감과 존재 의미의 상실이 아닐까 생각해본다.

우리 사회의 음지에서 알게 모르게 만연되어가고 있는 도박과 마약도 바이러스 못지않은 독소이다. 화투, 카드, 파친코, 투계, 투견 등과 같이 불법적인 도박도 있지만 경륜이나 경마처럼 합법적으로 이루어지는 도박도 있다. 불법이든 합법이든 사행심을 부추겨서 건전한 경제 활동을 파괴하기는 마찬가지다. 도박과 더불어 사회를 병들게 하는 또 한 가지는 마약이다. 옛날엔 주로 유흥가 주변에서만 맴돌던 이것은 요즘은 연예인, 택시기사, 심지어 학생, 주부에까지 감염되고 있다고 한다. 더욱이 심각한 것은 돈이 되는 것이라면 물불 가리지 않는 조폭들이 도박, 마약, 매춘 등 이 사회의 독소들을 돈벌이 수단으로 삼아 취약한 사회의 하부조직을 바이러스처럼 좀먹는다는 것이다.

현대에 이르러 인간의 정신세계를 병들게 하는 범인류적 바이러스는 물신적 배금주의다. 삶의 방편이 되어야 할 돈이 삶의 목적이 되어버린 전도된 가치관은 인간을 물신의 노예로 만들어 돈을 위해 영혼을 팔아먹는 구렁텅이에서 헤어나지 못하게 한다. 여기서 우리가 간과해서도 망각해서도 안 될 중요한 사실이 있다. 그것은 인류를 흥하게도 하고 망하게도 할 수 있는 것은 병리학적 바이러스가 아니고 정신적 바이러스라는 사실이다. 소돔과 고모라의 멸망은 바이러스로 인한 것이 아니다. 탐욕과 타락과 퇴폐가 만들어낸 종말인 것이다. 여지껏 그래왔던 것처럼 인간의 지혜가 언젠가 바이러스를 퇴치할 물질을 만들어낼지도 모르겠다. 그러함에도 먼 훗날 인류가 멸망하는 날이 온다면 그 원인은 혜성과의 충돌도, 핵전쟁의 발발도, 바이러스의 창궐도 아닌 인간성의 황폐화로 인간 자멸일 것이다. 탐욕과 타락과 이기와 같은 정신적 바이러스로 인한 인간성의 황폐화를 치유하고 자멸을 막을 수 있는 유일한 치료제는 '사랑'이 아닐까.

실크로드와 번데기

오늘은 토요일, 넥타이를 매고 출근을 했다. 오후에 예식장에 갈 일이 있기 때문이다. 평소엔 노타이 차림으로 출근하지만 예식장 갈 때는 예의상 넥타이를 맨다. 몇 안 되는 넥타이 중에서 제일 자주 간택되는 것은 언젠가 선물받은 실크 넥타이다. 색깔과 감촉이 다른 넥타이와는 비교가 안 될 만큼 탁월하기 때문이다.

세상에서 가장 아름다운 옷들에 속하는 우리의 한복, 일본의 기모노, 인도의 사리 같은 옷에는 한 가지 공통점이 있다. 많은 경우 이 옷들의 소재는 실크이다.

"비단옷 입고 밤길 가기"란 속담은 밤에는 아름다운 비단옷도 어둠에 묻혀 그 빛을 잃는다는 뜻으로 애쓰고도 보람이 없음을 비유하는 말이다. 고운 피부나 마음씨를 두고도 비단결 같다고 한다. 비단은 곱거나 아름다운 것의 대명사인 셈이다.

보통 우리는 고급 옷감을 통틀어 비단이라고 하지만 엄연히 따지면 누에고치에서 뽑아낸 명주실로 짠 견직물, 즉 실크가 비단이다.

섬유의 여왕이라는 실크. 레이온이나 나일론같이 값싸면서도 품질도 우수한 합성섬유가 대량 공급되는 중에도 고가의 실크가 섬유의 여왕 자리를 굳건히 지키고 있는 것은 합성섬유가 흉내낼 수 없는 미려한 윤택과 매끄럽고 부드러운 촉감과 시각적 우아함 때문일 것이다. 지금도 실크는 비싸지만 중국이 생산을 독점했던 시절엔 같은 무게의 금값보다도 더 비쌌다고 한다.

예전엔 실크는 오직 중국에서만 생산되었다. 다른 나라 사람들은 실크가 어떻게 생산되는지 알지 못했으며 알 수도 없었다. 누에에 관한 비밀을 누설하는 중국인은 누구나 반역자로 처형될 만큼 철저한 보안을 했기 때문이다.

어느 날 중국의 서릉황후가 정원에서 차를 마시고 있었는데 자신의 찻잔에 뽕나무에서 떨어진 누에고치가 빠져 있는 것을 발견하였다. 그것을 건져내려고 하자 그 고치에서 하얀 비단실 한 가닥이 풀려 나오는 것이 아닌가! 이렇게 시작된 실크 생산은 오랫동안 중국에 크나큰 부를 안겨주었다. 그러나 영원한 비밀은 없는 법.

비잔틴 제국의 유스티아누스 황제가 비밀 임무를 띤 수도사 두 사람을 중국에 파견하였고 2년이 지난 뒤 귀국하는 수도사의 대나무 지팡이 속 빈 공간에 누에알을 숨겨 와 드디어 중국의 실크 독점 시대는 막을 내리게 되었다. 문익점이 붓대에 목화 씨를 숨겨 온 일화와 더불어 대나무 대롱에 의해 중국의 국부가 유출되었다는 공통점이 흥미롭다.

철저한 보안 속에 오랜 기간 독점한 중국의 실크 생산은 동서 가교 역할을 한 실크로드를 탄생시킨 계기가 되기도 하였다. 실크로드는 중앙아시아를 횡단하는 고대의 동서 교역로로서 중국의 특산물인 비단이 이 길을 통해 서쪽으로 운반되었기 때문에 붙여진 이름이다. 서쪽으로부터는 보석, 유리, 포도, 참깨, 모피, 악기 등의 서구 물건들이 중국으로 들어왔으며 또한 종교, 문화, 기술 등 다양한 문물이 이 교역로를 통해 상호 전해지며 교역로로서뿐만 아니고 동서문화의 전달로로서도 큰 역할을 하였다. 이처럼 인류 문명에 지대한 공헌을 한 실크로드가 번데기의 희생으로 인하여 가능했다고 한다면 지나친 비약일까.

우리가 어릴 적 유일한(?) 단백질원으로 즐겨 먹었던 번데기. 이 번데기의 희생으로 실크는 탄생한다.

지금은 노동집약적인 잠업이 사양화되었지만 그 시절엔 시골 어디에나 잠실이 있었고 양잠은 우리 농촌의 크나큰 소득원이었다.

번데기는 애벌레에서 성충인 누에나방이 되는 중간 단계이다. 암컷 누에나방은 500개 정도의 좁쌀만 한 알을 낳으며 20일 정도 지나 부화한다. 알에서 부화한 애벌레들은 오로지 뽕나무 잎만 먹고 자란다. 밤낮 없이 잠시도 쉬지 않고 뽕잎을 먹은 애벌레는 단 18일 만에 처음 크기의 70배까지 자라며 다 자랄 때까지 네 번 허물을 벗는다. 잠실 안에서 수십만 마리의 누에가 뽕잎을 갉아 먹는 소리는 마치 숲 속에서 듣는 빗소리 같다.

누에가 다 자라면 약 60시간에 걸쳐 무려 1500미터에 달하는 가늘고 긴 하얀 실을 토해내어 타원형 고치를 만들어낸다. 누에가 2.5그램의 고치 하나를 만들기 위해서는 무려 15만 번 정도, 씨줄 날줄 사방으로 목을 휘둘러야만 한다. 그렇게 만들어진 고치는 가벼우면서도 단단하다. 누에는 그 고치 속에서 번데기가 되고 시간이 지나 번데기가 나방으로 변할 때는 이 고치를 뚫고 밖으로 나온다. 번데기는 나방이 되기까지 안전하게 자기를 보호하기 위해 고치라는 집을 짓고 그 속에 머문다. 그러나 불행하게도 번데기는 나방이 되기 전에 인간에 의해 죽임을 당한다. 인간은 번데기가 나방이 되어 고치를 뚫고 나오기 전에(구멍 뚫린 고치는 쓸모가 없으니까) 먼저 뜨거운 열을 가하여 번데기를 죽인다. 그런 후에 고치들을 수거하여 명주실을 뽑아내는 것이다.

녹색 뽕잎을 먹고 하얀 비단실을 토해내는 누에는 마술사 같다. 어렸을 적 대바구니에 오붓이 담겨 있는 고치를 처음 보았을 때, "어쩜, 세상에 저렇게 예쁠 수가……." 하는 탄성이 절로 나왔다. 흰 눈처럼 깨끗한 유백색, 홀 땅콩 껍질처럼 갸름하고 앙증맞은 사랑스런 모양새, 윤기가 자르르 흐르는 매끄러운 광택. 저것이 오로지 뽕잎만 먹은 누에가 만들어놓은 작품이라니 자연의 오묘한 조화는 외경스럽다.

우리가 먹는 번데기는 제사 공장에서 명주실을 다 뽑고 난 뒤, 나방이 될 꿈을 무참히 짓밟힌 채 인간에 의해 죽임을 당해 그 속에 갇혀 있던 그의 주검이다. 결국 인간은 번데기들을 죽이고 그 집을 약탈하여 비단을 만들고 그들의 주검마저 먹어치우는 비정하고 철저한 약탈자인 셈이다.

인간을 위해 희생하는 것이 비단 누에뿐이겠는가. 모피, 식료품, 목재 등. 우리의 의식주에 필요한 모든 것들은 자연계의 희생 위에서 얻어지는 것이다.

실크 한복을 곱게 입은 여인에게 "당신은 8000에 달하는 생명들이 희생한 결과물을 걸치고 있다."고 한다면 아마 대단히 놀랄 것이다. 실크 스카프 한 장 만드는 데 100개, 실크 넥타이 한 개 만드는 데 140개, 실크 한복 한 벌 만드는 데는 무려 8000개 정도의 고치가 소용된다.

인간은 알게 모르게 자연계의 은혜를 입고 있으면서도 단지 자기들이 만물의 영장이라는(그것도 자기네들의 자만적 인식이지만) 이유만으로 감사하거나 미안해할 줄도 모른다.

그 옛날 중국의 부를 위해 희생된 번데기들을 실크로드에 쌓는다면 몇 겹이 될지도 모른다. 중국 당국은 자기네들의 부를 위해 희생된 번데기들을 위해 실크로드 어디쯤 그들을 위한 위령비라도 하나 세워주는 것이 어떨까.

봄, 길을 잃다

날씨가 기어이 일을 저지르고 말았다. 순백의 날개를 접고 가지 끝에 내려와 앉은 천상의 선녀, 목련. 그녀를 비명에 가게 한 것이다.

아파트 화단에 두 그루의 목련이 시나브로 피었다. 목련(木蓮)은 말 그대로 나무에 피는 연꽃이란 뜻이다. 생김새도 연꽃을 닮았지만 고고하고 탈속한 자태가 불심을 닮아서일 것이다. 해마다 3월 하순경이면 피더니 올해는 보름도 더 앞당겨 피었다. 봄은 아직 멀었는데 철도 모르는 철없는 날씨 탓이다. 파란 하늘을 배경으로 금방 날아오를 듯 한 백학(白鶴)의 자태다. 날아갈 곳은 북쪽인지 모두 북을 향하고 있다. 겨우내 헐벗은 자기 곁을 지키다 떠나버린 북풍에 대한 그리움 때문일까. 남으로만 향한 다른 꽃들의 부화뇌동에 대한 경계심 때문인가.

어느 시인은 "목련을 사랑하기엔 나이 서른도 어리다."고 했던가. 시련과 번뇌를 이겨낸 완숙한 정신만이 목련을 바라볼 자격이 있다는 것인가. 흔히들 아름다운 여인을 꽃에 비유하지만 아마도 지상엔

이 꽃에 비유할 만한 여인은 없지 싶다. 만약 있다면 아마도 그녀는 선혼(仙魂)을 가진 여인일 것이다.

순진한 목련은 자신이 꽃을 피워야 할 시기를 두고 얼마나 고민했을까. 겨울이 차디찬 외투 자락을 거두어 북쪽 언덕을 넘어가고 남풍이 그 자리를 메울 때 목련은 얼굴을 내밀 채비를 한다. 올해는 겨울이 제정신이 아니다. 매섭고 냉철한 성정은 어디다 팔아먹었는지 섣달, 정월 내내 헤롱거리더니 급기야 대보름을 넘기기 무섭게 북녘으로 줄행랑을 쳐버렸다. 겨울이 너무 빨리 자리를 비웠으니, 부드러운 바람과 따사로운 햇살이 부득불 그 자리를 메워야했다. 아무래도 좀 이른 듯해 눈치를 보던 목련은 따뜻한 날씨가 계속되자 자신의 소심함을 나무라며 개화를 서둘렀다. 여린 속살을 완연히 드러내는 데는 사흘도 채 걸리지 않았다. 보라, 저 순수를! 한 점의 불결도 거부한 완벽한 순백! 저 여리고 무구한 날개로 천상으로의 비상을 꿈꾸는가. 그러나 아뿔싸, 뒤늦게 찾아온 연사흘의 혹독한 영하의 날씨는 그녀의 꿈이 채 영글기 전에 무참히 짓밟아버렸다.

내가 어렸을 때의 겨울 날씨는 어김없는 삼한사온(三寒四溫)이었다. 겨울 놀이를 하는 아이들이나 겨울 일을 하는 어른들은 그 주기에 맞추어 계획을 짜면 틀림없었다. 그것은 계절, 즉 자연과 인간 사이의 어떤 신뢰 같은 것이었다. 삼한인 사흘 동안은 정말 춥다. 귀마개와 장갑이 없으면 밖에 나갈 엄두도 내지 못한다. 그렇다고 아이들은 방 안만 지키고 있지는 않는다. 날씨가 추울수록 얼음 두께가 두꺼워져 안전하게 강에 나가 썰매나 팽이치기를 할 수 있기 때문이다. 장갑을 끼었어도 때 낀 손은 얼어 터졌다. 튼 손은 오줌에 불려서 씻어야 다시 트지 않는다고 해서 밤이 늦도록 쓰라림을 참고 담그고 있어야 했다. 윗목의 자리끼엔 살얼음이 얼고, 문풍지 우는 소리를 자장가 삼아 잠이 들었다. 동산(冬山)이 높을수록 봄은 더욱 찬란한 것. 겨울다움 속에서 계절과 자연의 섭리를 깨닫고 몸이 추워질수록 마음은 더욱 따뜻해지는 외한내온(外寒內溫)의 지혜도 배운다.

긴 겨울이 끝나감을, 봄이 오고 있음을 제일 먼저 알리는 것은 강이다. '쩡' 하고 얼음 깨어지는 소리와 얼음 아래로 물 흐르는 소리는 봄을 알리는 서곡이며, 강을 건너는 바람 속에서 언뜻언뜻 상쾌함을 느낀다면 봄이 곧 강을 건너오겠다는 신호이다.

지난밤 눈발 속에 피었던 매화가 새벽달을 가지에 매달고 영창을 들여다볼 때, 잔설을 뚫고 올라온 노란 복수초가 '히힛' 하고 눈웃음을 칠 때, "아" 하고 토하는 영탄(詠嘆). 그것이야말로 모진 세월을 이겨낸, 인고의 끝에서만이 맛보는 진정한 봄을 맞는 감동이요, 계절에 대한 경외감이다.

옛날엔 사계(四季)가 일 년을 사이좋게 3개월씩 나누어 가졌다. 그것이 우리의 지정학적 자랑이기도 했으며 수려한 우리 문화의 토양이 되기도 하였다. 각 계절은 자기에게 주어진 의무를 다하고 권리를 누리는 데 한 치의 오차도 없었다. 봄은 화사함을 뽐내며 만물을 소생시켰고, 여름은 청정한 기개로 푸르름이 넘쳐나게 하였다. 은혜로운 결실과 화려한 빛깔을 뽐내는 가을은 또 어떤가. 이러한 영화는 모두 겨울의 숨은 노력으로 얻어지는 것이다. 봄 여름 가을. 그들의 잔치가 끝나면 겨울은 지친 모두의 내일을 위해 팔을 걷어붙여야 한다. 설금(雪衾)의 부드러움과 멈춘 듯한 고요함으로 휴식을 주기도 하지만 달구었다 식히기를 반복하며 강철을 만들듯, 혹독한 추위와 매서운 바람으로 생명 있는 것들을 단련시킨다. 강해지지 않으면 다음 해를 기약할 수 없기 때문이다. 그런데 언제부터인가 자연과 인간 사이의 신뢰는 무너지고 말았다.

인간의 욕망은 끝이 없다. 그 욕망을 충족시키기 위해 소비해버린 모든 것은 공해가 되어 지구를 병들게 하고 계절을 파괴한다. 에너지 과다 소비로 야기된 온실효과는 겨울의 아성을 허물어버렸다. 자기 책무를 위해 안간힘을 써보던 겨울은 해가 갈수록 기운이 쇠하여 급기야 올해는 자포자기해버린 듯하다. 엄중하고 절도 있는 겨울 날씨는 찾아보기 힘들다. 겨울이 이렇게 자진(自盡)해버렸으니 봄인들 제 갈 길을 찾겠는가. 봄이 길을 잃고 방황하는 사이에 그의 뒷자리들은 지리멸렬이다. 꽃도 나무도 사람도 시절을 몰라 갈팡질팡이다.

눈앞의 안락으로 우리가 얻은 것은 무엇인가. 계절과 기후의 혼동이며 병약한 육체와 허약한 정신력이다. 자연과의 조화와 질서는 와해되어버리고 끝내 봄을 맞는 감동마저 잃어버렸다.

겨울이 겨울답지 않은 날씨의 몽니는 지구가 인간에게 전하는 무언의 경고다. 인간이 오만을 버리고 자연 앞에 겸허해지지 않는 한 날씨의 몽니는 해마다 심해질 것이고 그것의 부조리는 부메랑이 되어 인간에게 되돌아올 것이다.

신이시여, 자연의 섭리마저 지배하려는 인간의 오만을 용서하시고 잃어가는 겸허를 다시 찾게 해주소서. 해마다 더해가는 지구의 저주를 잠재우시고 온전한 겨울을 되돌리시어 계절의 질서를 회복하게 하소서. 길 잃은 봄 언저리에서 꿈을 여읜 목련의 넋을 기리며 기도하나이다.

수영공원 푸조나무

그의 키는 쪽빛 하늘에 닿아 있다. 마안하게 뻗어나간 가지는 끝 간데를 모를 지경이다. 수없이 갈라져 나간 가지들의 형상은 우리 몸속 핏줄기를 연상케 한다. 조용히 귀 기울이면 수피 아래로 피 흐르는 소리가 들릴 듯하다. 촘촘히 하늘을 가리고 있는 얄푸른 이파리들이 녹색의 떼나비같이 바람에 일렁일 때는 가슴속에 서늘한 파문이 인다. 짙은 그늘 속에 기이하게 생긴 거대한 몸피는 장엄하고 유현(幽玄)하여 범상치 않은 기운을 내뿜고 있다.

그는 수영공원 얕은 언덕 위에 서 있다. 양산에 계신 큰형을 뵈러 가는 길에 수영공원으로 작은형을 태우러 갔다. 문화유산 해설사인 작은형은 수영민속예술관에 당직을 서고 있었다. 오랫동안 부산에 살았지만 처음 와보는 곳이다. 이왕 왔으니 한번 둘러보고 가자고 했다. 민속예술관, 홍예문, 수사선정비, 안용복 장군 사당 등을 안내하며 간단한 해설을 곁들였다. 지척에 훌륭한 문화유산을 두고도 와보지 못한 무심함이 부끄러워지는 순간이다. 마지막으로 안내한 곳

119

이 천연기념물 제311호인 거대한 푸조나무다. 키 18미터, 가슴둘레 8.5미터, 나이 500세를 넘긴 거목이다. 그는 긴 세월 수영성을 지켜온 수호목이다. 수관(樹冠)이 사방 20미터나 되는 나무의 높은 가지 끝을 손질했을 리 없으련만, 거리를 두고 바라보면 솜씨 좋은 정원사의 작품처럼 둥그렇게 가지런하여 거대한 초록의 돔처럼 보인다.

고향에도 그를 닮은 나무가 있었다. 그곳에선 푸조나무를 포구나무라 불렀다. 익기 전의 연한 열매는 대나무 딱총의 탄알이 되고 울퉁불퉁 지상으로 튀어나온 큰 뿌리들은 말타기 놀이의 말이 되었다. 수평으로 뻗은 가지에는 그네 줄을 묶기도 하였지만 사련에 빠졌던 여인이 목을 맨 슬픈 사연도 서려 있다. 아래쪽 굵은 가지에 올라가 책을 읽다 졸음이 오면, 위 잔가지의 매미와 새들의 노래를 자장가 삼아 잠이 들기도 했다. 그늘 아래 터를 잡고 여름 내내 구워 팔던 상식이 어머니의 생선전 부치는 냄새는 허기진 후각을 환장하게 만들었다. 감나무, 밤나무, 참나무, 상수리나무 등, 수없는 나무들이 주위에 있었지만 포구나무만큼 부대끼며 가까이 있었던 나무도 없었던 것 같다.

고향의 당산나무는 우리의 추억이 알알이 박혀 있고 우리의 할아버지의 거거 할아버지 때부터 애환과 곡절을 고스란히 간직하고 있다. 왕성한 가지와 푸른 이파리들은 듬직하고 아늑하여 푸근함을 느낀다. 넉넉한 그늘은 어른들에게 휴식과 사교의 장을 마련해주고 아이들에겐 신나는 놀이터를 제공해준다. 한편 마을 사람들은 그에게 마을의 평안과 풍년, 건강을 기원하는 제를 지내는데 이곳 푸조나무의 인근에도 나무에 제를 지냈던 사당이 있다. 우리의 조상들은 고목을 단순한 나무로 보지 않고 천상계와 지상계를 연결하는 매개적 존재로 보았던 것 같다. 그곳에서의 기원은 곧 하늘에 닿아 소원하는 바가 이루어지리라 믿었을 것이다. 당산나무를 신격화하는 것은 나무의 영원성과 위엄에서 신성성(神聖性)을 보기 때문이리라.

나무를 숭배하는 사상은 비단 우리만 그랬던 건 아닌 것 같다. 인도의 오래된 문헌에는 우주가 커다란 나무로 묘사되어 있고 이 나무는 우주의 신 브라만을 상징한다. 북유럽 신화에 자주 등장하는 거대한 물푸레나무는 그 뿌리가 지구의 중심까지 뻗어 있고 그 곁에 생명의 샘이 있어 신 오딘(Odin)은 끊임없이 여기로 와서 지혜를 구하였다 한다. 아담과 이브가 신성한 나무인 선악과나무를 범함으로써 에덴 동산에서 추방되었다는 구약성서는 선악과나무의 신성성에서 비롯되었다. 보리수의 원래 이름은 피팔라나무이며 인도의 종교전통에서는 지혜의 나무이자 우주목이었다. 불타(佛陀)가 이 나무 아래서 깨달음을 얻었다 하여 불교에서는 이 나무를 신성시하여 깨달음의 나무라는 뜻에서 보리수(菩提樹)라 하였다. 한국의 대표적인 신화인 단군 신화에도 환웅(桓雄)이 신단수(神壇樹) 아래로 내려와 인간을 다스렸다는 내용이 있다. 신단수는 신의 세계와 인간의 세계를 연결하는 축이자 생명력이 흐르는 통로로 여겼기 때문이다. 하늘을 향하여 높이 치솟은 형상, 무한히 반복되는 죽음과 재생의 생명력은 나무가 어떤 거룩한 실재를 표현하고 있다는 종교적 직관을 탄생시켰을 것이다. 세계적으로 널리 발견되는 나무에 대한 신앙은 나무 자체를 신격화하기도 하였지만 그보다는 거룩한 실재가 나무를 통하여 현현되었다는 인식에서 비롯되었던 것 같다.

할아버지 한 분이 불편한 몸을 지팡이에 의지한 채 하염없이 나무를 바라보고 있다. 밑동으로부터 둘로 갈라져 일찍 이별의 아픔을 겪어야 했던 둥치, 꺾이고 휘어진 가지, 흉터처럼 드러나 있는 잘려나간 자국과 옹이들, 모진 세월의 앙금이 응어리진 듯 울퉁불퉁 튀어나온 혹 같은 돌기, 몸피가 벗겨진 부분은 시간의 두겁처럼 꺼멓게 변색되어 있다. 노인은 나무에서 자신의 모습을 보는 것일까. 아득한 시선의 등 뒤로 외로움이 묻어난다. 부모를 여의고 형제와 벗들도 한둘씩 보내고…… 남은 것은 병든 몸.

외롭기는 나무도 마찬가지일 것이다. 처음에는 형제 나무들이 이웃하여 컸겠지만 세월의 풍상에 하나둘 사라져가고 마지막엔 홀로 남아 마을을 지킨다. 하늘과 구름과 바람과 비를 벗하고 새들과 짐승과 사람들을 보듬으며 홀로 된 외로움을 달랬을 것이다.

그는 외로움을 거룩한 사후로 승화시킬 줄을 안다. 고목의 존재 가치는 오히려 죽어서 시작된다. 고목은 살아 500년, 죽어 500년이다. 죽은 나무가 썩어서 흙이 될 때까지는 나무가 자란 만큼의 세월이 걸린다. 그사이 수많은 생물의 자양분이 되고 서식처가 되어 새로운 생명을 탄생시키고 키운다. 나무는 죽었어도 새로운 생명으로 다시 태어나는 것이다. 그것이 바로 자연이 가지고 있는 영원성이다. 인간의 기준이 아니고 자연계의 입장에서 본다면 나무의 본질이 사람보다 훨씬 홍익적이다.

바람결에 그의 속삭임이 들리는 것 같다. '내가 나고, 자라고, 죽고, 또 태어날 이곳, 수영 언덕. 오늘도 그리고 또 내일도 나는 이곳을 지키겠노라.'고.

그가 지키는 수영 사람들은 든든하겠다.

문학기행, 해학으로 풀기
— 2011년 10월 29일, 부산아동문학인협회

　서울에 다녀오고 어쩌고 며칠 동안 술렁술렁 지내다가 지금쯤 합천 여행 후기 같은 것 한두 편 올라왔겠거니 들어왔는디, 어라, 홈피가 참으로 조용한 것이 적막강산이라. 후기 한 편 없다면 합천이 섭섭하제……. 하야 도리 없이 제일 쫄병인 내가 몸으로 때우는 수밖에. 몸으로 때운다는 게 뭐당가? 뭐긴 뭐겠어, 문장은 졸렬한께 질보다 양으로 때운다는 얘기지.

　자고로 '후기 같은 글은 자있게 써야 하느니라.' 자있는 글, 해학과 골계의 대가이신 우하(雨荷) 박문하 선생께서 말씀하얏으니 그 말씀 받들어서 지도 쪼메 재밌시리 써볼랍니다. 참고로 우하 선생님으로 말씀드릴 것 같으면 향파(向波), 요산(樂山), 소운(巢雲), 청마(青馬) 등과 절친이셨고 부산의 여성 독립운동의 대명사이신 박차정 여사의 동생이었다는 사실을 아시는 분은 다 아시리. 우하 선생, 또 말씀하시길 "재밌을라모 검은등뻐꾸기처럼 '홀딱벗고 홀딱벗고' 써야 되는 기라." 보소 하빈샘, 진짜로 우하샘이 그런 말 했능교? 아따 못

믿겠으면 우하샘한테 물어보시구랴. 얼레, 지하에 계신 분한테 어째 물어본다냐? 우하샘 또 말씀하시기를 이 세상에 재미없는 글은 글이 아니라 했당게. 하빈샘, 그리 안 봤더니 뻥이 튀밥 기계보다 더 세구마. 그게 아니라니게, 저어기 물 건너 쇼펜하우어샘도 말씀하시길 세상에 내로라하는 글쟁이들의 재미없고 따분하고 심각한 글들을 죽자 살자 읽다 보니 자기가 염세주의 철학자가 됐다고 했당게. 진짜로? 쇼펜하우어가? 아따 속고만 살았남. 이왕 내친김에 우하샘의 '홀딱벗고' 쓴 수필 한 토막을 옮겨보는디.

우리 속담에 "봄은 여자 가을은 남자"라는 말이 있다. 가을철을 가리켜 천고마비지절이라고 하는데 실은 이의 본뜻은 하늘이 높고 말이 살찐다는 뜻이 아니고 말 같은 남자들의 그것이 살쪄서 하늘 높이 솟는다는 뜻이라고 한다. 이러한 가을날에 남의 집 머슴살이를 하는 노총각 한 사람이 들판에서 추수 일을 하다가 잠깐 동안 일손을 쉬고 점심시간 한때를 혼자서 즐기고 있었다. 아직도 장가를 들지 못한 그에게 단 한 가지의 즐거움이 있다면 그것밖에 없었다. 이 괴상망측한 광경을 나뭇가지에 앉아 있던 까마귀 한 마리가 보았다. 총각놈이 고기 뭉치를 손에 쥐고서는 보였다 숨겼다 보였다 숨겼다 하는 행위를 계속하고 있지 않은가. 그것을 오해한 까마귀가 생각하기를 '저 총각 놈이 필시 고깃덩어리 한 개를 가지고 나를 놀리는 것이 분명하구나, 어디 두고 보자.'
까마귀는 마음을 다져 먹고 온 힘을 날개에 모아 전속력으로 날아내려 그 큰 부리로 총각의 손에 쥔 고깃덩어리를 힘껏 쪼았다. 불의에 습격을 받은 총각의 그것은 유혈이 낭자하였다. 집에 돌아온 머슴의 이 모습을 본 안주인은 '이 미련한 놈이 그 귀한 것을 까마귀 밥이 되게 하다니, 아깝고도 원통하구나.' 하면서 못내 아쉬워했었다고 한다. 이러한 고사로 연유해서 총각들의 그러한 독락 행위를 가리켜 농조(籠鳥)라고 일컫게 되었다고 한다.

위의 얘기를 아주 유식하게는 hand play, 쪼메 유식하게는 수음(手淫), 뭐 요따위로 말하는 행위인디. 순진한 여성들은 뭔 얘기랑가 할 거이고 아니 안 순진한 여성도 짐짓 뭔 얘긴지 모르겠당게 할 거이 지만 아따 뭐 다 아시면서······.

하빈샘, 양으로 때운다더니 서론부터가 참말로 길고 요상하요잉. 본론은 언게 들어갈랑가? 사람 인내심 시험허는 것도 아니고, 내사 마 확 나가뿔까. 아, 아, 알았당게 지금 시작한당게.
본래 자믔는 얘기는 무식하게 써야 하는기라. 이제 하빈의 무식 한 막필이 시작되는디.

한양프라자 앞

요놈의 날씨가 내 부푼 맴이 샘이 났던지 궂은비가 오락가락. 짠 돌이 하빈, 큰맘 먹고 떡 택시를 타고 한양프라자 앞에 내리는디, 어 메 언제 소인을 보셨는지 이순녕샘께서 얼른 달려나와 제 가방을 들 어주시는 게 아닌감. 고맙고 죄송해서 햇병아리 하빈, 가슴이 벌렁 벌렁, 이순녕샘은 천강문학상 수상자에 북구 의회 위원님이신 데다 문학의 경력으로 봐도 까마득한 대선배 아니든가(순녕샘, 와 이라능교, 순녕샘같이 대단한 분이 햇병아리인 저에게 그러시면 괜히 제 목에 힘 들어간

126

당께요.) 그리고 줄줄이 기라성 같은 선생님들의 따뜻한 악수는 이번 여행이 행복할 것이라고 도장을 꽉꽉 찍어주는 느낌이라 황감한 중에서도 어느새 내가 중병아리가 된 기분.

버스 안

여기저기 노변정담, 아니 차심정담이 오고 가는디, 내 뒷좌석의 어느 여성샘의 목소리가 유독 부드럽고 정겹게 들리는 거이 이해인 수녀님 목소리 같기도 하고 박경리 선생님 목소리 같기도 헌데…… 나중에 알고 보니 손수자샘이셨당게. 손수자샘, 글도 잘 쓰시면서 목소리까지 고로콤 매력 있으면 다른 샘들 샘낸당께요.

그렇게 약간은 들뜬 분위기 속에 김승태 사무국장님이 아주 자밌는 프로그램(이번 여행의 최고 히트 상품이지 싶소) 하나를 던져주시는디, 이름하야 '마니또 정하기'.

김승태 사무국장님, 아마도 신기가 있는가베. 남녀 비율이 16 : 16, 딱 맞아떨어질 줄 우째 알고 이런 놀이를 준비했당가. 시상에 모든 길은 로마로 통한다 카드이 아따 합천 기행 모든 주제는 마니또로 통한당게. 융화, 화합, 대화, 놀이 등, 요것의 기능이 한두 가지가 아니더라 말이지.

내 차례가 되어 쪽지 하나를 뽑아서 살며시 펴보는디, 우메 우째 이런 일이……. '박선미'라고 쓰인 세 글자가 날 보고 살포시 웃고 있는 게 아닌가. 내가 알고 있는 박선미샘의 프로필은 재색 겸비한 재원으로 그분의 동시는 교과서에 떡 하니 실려 있는 대단한 분이

127

아니던가. 그분이 내 마니또가 되었다는 사실 하나만으로도 나는 로또 당첨이 된 기분이라.

제비뽑기 얘기가 나와서 말인디, 나는 일찍이 어디에 당첨되는 행운 같은 것 하고는 거리가 멀었는기라. 그래서 복권 같은 것이나 뭐시냐 그 행운권 같은 것도 나하고는 영 인연이 없었는 기라. 그러나 아동문학을 시작하고는 내 운수의 날씨는 대통까지는 아니더라도 언제나 '맑음'이었당게. 운수란 것도 그 사람의 심리 상태나 기운 같은 것에 영향을 받는 거인지 웃고 사니까 자꾸 웃을 일이 생기더랑게.

자고로 벼는 익을수록 머리를 숙이는 법인디 요즘은 자기 PR 시대라나 뭐라나. 햇병아리 하빈, 그 소릴 핑계 삼아 은근히 지 자랑을 펼치는디, 참말로 가관이라. 아동문학을 시작하자마자 국제지구사랑 공모전에서 동화로 은상을 받더니 이번에는 장애인에 한정된 것이지만 동시로 대상을 받았으니 아동문학을 하고부터 늘 웃고 사는 날 보고 그놈에 행운이란 놈도 얼레 저 사람도 우리하고 동족인가벼 하면서 나를 찾아왔는지 흐흐흐. 그란디 상을 받고 보니 상도 상이려니와 축하를 받으면서 선배 여러분의 면면을 좀 더 빨리 익힐 수 있다는 점이 더 즐겁더라고……. 그런 관점에서 이번 여행은 남자한테 딱, 아니 하빈이한테 딱이더랑게.

세미나 장

내로라하는 대선배님들이 명성에 걸맞게 내용이나 말씀이 그야말로 금과옥조라. 내가 느낀 결론은 한 분의 선각자의 삶이 얼마나 큰 후광으로 후생들에게 빛이 되고 등불이 되는지, 참으로 의미 있게 새기는 계기가 되었는기라. 곧 향파어린이문학관이 문을 활짝 열면 우리 아동문학 하는 샘들의 얼굴에는 꽃이 피리, 합천과 울산과 부산, 그리고 경남이 하나로 어울려 "우리는 갱상도 문디 아이가, 어여쁘고 향기로운 문디인기라."

그중에 병아리 문디 하빈은 친애하는 마니또 박선미샘과 한 무대에 올라 입 맞춰 노래하는, 참말로 진짜로 황홀한 순간을 만났으니 부산아동문인협회 만세 만만세. 햇병아리 하빈, 깃털도 나지 않은 날개로 창공을 훨훨 날았는기라.

여명의 합천호

오! 신이시여, 인간을 대표하여 고하나이다. 우리는 졌나이다. 당신 아니면 누가 이 거룩한 풍경을 만들어내겠나이까. 이 세상 어떤 선필이 있어 이 형언할 수 없는 환상을 그려내겠나이까. 이 장면 하나로 소생 이번 합천행은 행운이요, 축복이었나이다. 이 엄연한 자연의 경이 앞에서 설레발 하빈도 경건해지나이다.

그러나 이 일을 어이할꼬. 한동안 우리의 넋을 빼놓던 저 선경이, 저 물안개가 이곳 주민들에겐 고통의 원흉이라니, 이 아이러니를 어이할꼬. 일상이 되어버린 운무는 농사는 물론 사람들의 생체 리듬에까지 좋지 않은 영향을 미쳐 이곳 주민들에겐 벙어리 냉가슴이라니 이 일을 어이할꼬. 사물의 뒷면까지 관조해야 하는 우리 글쟁이들에

합천호의 여명, 그 환상적 풍경

게 꼭 이런 숙제를 주어야 하나이까? 그러느니라, 보이는 것이 전부
는 아니니라, 보이지 않는 곳의 진실이 바로 너희가 보아야 할 눈이
니라. 아멘.

천년 축전

위대한 조상에게 경배하라. 세상의 불가사의 중에 이 얼마나 위
대한 불가사의냐. 세상을 향해 '보라, 너희는 여기서 무엇을 보았느
냐.' 자부심으로 가슴 벅차 오르는 문화유산이 아니더냐. 그러나 행
사장을 둘러보는 내내 '이건 아니지, 이건 아니지.'다.

이 좁은 공간에 이 많은 사람들을 불러들여 뭘 보여주겠다는 건
지. 밀려가고 밀려가다 보니 출구 앞에 내가 서 있도다. 말 그대로

주마간산이라. 이래가지고서야 어떻게 위대한 조상의 슬기를 느끼며 세상을 구제하려는 팔만 장경의 의미를 새기리오.

전시장보다 먹고 즐기는 데가 더 넓고 많으니 보이소 마, 합천에 높은 양반요. 속 보입니데이, 이름이 부끄러워질라 안캅니까. 그러나 문헌에서나 보던 제조 과정을 미니어처로나마 입체로 본께 안 본 거보다는 낫다는 자위나 해볼 밖에.

홍류동 계곡

물소리, 새소리, 바람 소리. 이 모든 소리를 들으며 걷는다 하여 '소리길'이라 했겠다. 어디 한번 들어보자. 그러나 들리느니 인간들의 수다뿐.

저 바위가, 저 나무가, 저 흐르는 물이, 저 과묵한 산이 고매한 언어로 거룩한 말씀을 풀어내시건만 우매한 인간들은 지 보고 싶은 것, 지 하고 싶은 말만 하고 있고나.

골짝을 흐르는 물소리는 바위가 제 살 깎인다는 신음 소리, 울긋불긋 나뭇잎은 여름 내내 태양과 맞짱 뜨느라 만신창이가 된 잡목들의 남루가 아니던가. 이 아름다운 추정을 두고 삐딱한 하빈은 개똥철학이나 하고 있고나. 그래도 결론은 '역시 자연은 고요와 벗해야 제격이라.'

여기까지 읽은 사람은 '하빈 요로마 재밌게 쓴다고 잔뜩 바람만 넣더니 이게 뭐꼬?'

아, 그러게 말이시, 고게 그러니께 우하샘 같은 대가들이나 가능하지 나 같은 조박(糟粕)은 해볼라 혀도 되는 게 아니랑께. 낭비한 시간 물어내라고 몽둥이 들고 달려들면, 아이고 내사 마 다시는 후기 같은 것 안 쓸끼구마. 마지막으로 인사나 하고 물러갈랍니다. 여기까지는 설레발을 쳐왔지만 다음 얘기는 정중하게 해야 할 터.

이번 여행과 행사를 위해 수고하신 여러분께 경의를 표합니다. 모두가 편안하고 즐거운 시간을 가질 수 있었던 것은 치밀한 사전 준비와 일사불란한 집행 등. 그 뒤에 숨겨져 있을 여러분의 보이지 않는 노고가 있었음을 압니다. 그중에 한 분.

온라인이면 온라인, 오프라인이면 오프라인. 동에 번쩍 서에 번쩍. 힘든 일, 궂은 일 가리지 않고 오로지 우리 아동문학을 위한 일이라면 어디나 계시는 아동문학을 위해 태어난 사람. 빛이 나지 않는 곳에서 묵묵히 빛을 만들어내는 사람. 그 이름 남촌 김춘남. 저는 당신께 드릴 이 세상에서 가정 멋진 무형의 감사패를 늘 가슴에 품고 삽니다. 고맙습니다.

살아오면서 인간관계의 여러 곡절을 겪어왔지만 선한 것이 인간의 본질이라는 것을 한 번도 의심하지 않았습니다. 사람과 사람의 만남이, 사람과 사람의 어울림이 얼마만큼 아름다울 수 있는지. 그로 인해 얼마나 행복해질 수 있는지……. 아동문학인들을 만나고 또 이번 여행을 통해서 나의 그런 신념이 진실이었음을 확인할 수 있어 너무나 행복했습니다. 감사합니다.

굼벵이의 꿈

빨리빨리 숙제해라, 빨리빨리 학교 가라. 빨리빨리 밥 먹고 출근해야지. 이 대리, 그 서류 빨리빨리 좀 못 해? 짜장면 빨리 좀 주세요, 김 이병, 행동이 왜 이리 느려? 납기 안에 빨리빨리 만들어야 해.

우리는 아이에서 어른에 이르기까지 '빨리빨리'를 주문처럼 듣고 외우며 살아왔다. 외국인 노동자들이 우리나라에 와서 제일 먼저 듣는 말, 제일 많이 듣는 말, 제일 먼저 배우는 말이 '빨리빨리'라 한다. '빨리빨리'는 대한민국의 대표 언어이며 행동 강령이다. 그 덕택에 우리는 세계에서 유례 없는 짧은 기간에 눈부신 경제 성장을 이루어 보릿고개는 먼 전설이 되었다. 그러나 빛에는 그림자가 따르듯 빨리빨리는 치명적 부작용도 낳았다.

건설비보다 보수비가 더 많이 들어가는 고속도로, 수수깡처럼 힘없이 무너져내려 수많은 생명을 앗아간 성수대교와 삼풍백화점, 운행 시간을 단축하기 위해 무리하게 항로 변경을 하다 침몰한 세월호, 정쟁으로 지새우다 단숨에 통과시킨 허술하기 짝이 없는 법안들. 그 법안의 맹점을 이용한 가진 자들의 치부와 못 가진 자들의 소외감. 그로 인한 불신과 반목이 우리를 사분오열 갈라놓는 사회. 이모든 것이 졸속이 남긴 후유증이다.

차를 가지고 거리에 나가보면 우리가 얼마나 조급한 국민성을 가졌는지 실감할 수 있다. 한 발 먼저 가기 위해 최소한의 사회적 규범이나 인간적 배려도 고려의 대상이 아니다. 모두가 옆도 뒤도 돌아보지 않고 앞만 보고 냅다 달린다. 속도가 빠르면 빠를수록 위험과불안정은 커진다는 진리는 안중에도 없다. 졸속이 낳은 시행착오, 그로 인해 억울하게 죽어가는 생명들. 이런 것들은 빨리빨리가 낳은그림자들이다.

우리는 태어나면서부터 죽음을 향해 달려가고 있다. 빠르다는 것이 죽음을 향한 질주라고 생각한다면 모두가 저렇게 달릴 수 있을까. 엎어지고 자빠지며, 시간을 토막 내어 살듯 그렇게 달려온 지금, 빨리빨리로 얻은 것은 무엇인가. 물질적 풍요? 그것이 과연 우리 삶의 궁극적 목적일 수 있을까? 얼마나 많은 보배롭고 소중한 것들을질주의 뒤안으로 흘려버린 것은 아닐까?

중국 지사에 근무하는 한국인이 중국 친구와 맛있기로 소문난 만두집에 갔는데 손님들이 줄을 서서 기다리고 있다. 줄이 줄어드는속도로 보아 30분은 족히 기다려야 할 것 같아 포기하자고 하자 중국인 친구가 "마샹(馬上, 금방이라는 의미)"이라 한다. 그들은 30분을금방이라 생각한다.

중국으로 유학을 간 한국 청년이 중국 학생과 나란히 교정을 걸어 나오다 소나기를 만났다. 한국 학생은 재빨리 달려 맞은편 처마 밑으로 비를 피했다. 그러나 중국 학생은 조금의 서두름도 없이 비가 오기 전의 페이스대로 천천히 걸어왔다. 빨리 오지 않고 왜 그렇게 비를 홀랑 맞고 천천히 걷느냐고 물었다. 어차피 맞을 비, 일부러 달려가며 앞에 비까지 맞을 일이 뭐 있느냐고 했다.

閑居無事可評論 한가하게 살아가니 남의 입에 오르내릴 일 없이
一炷淸香自得聞 한 줄기 맑은 향, 내가 얻고자 함이라
睡起有茶飢有飯 자고 일어나면 차 마시고 배고프면 밥 먹고
行看流水坐看濴 가다가 흐르는 물 만나면 강가에 앉아 구름 바라보노라

송나라 때의 중 요암청욕(了菴淸欲)의 시구다. 얼마나 유유자적한가! 만사에 느긋한 그들만의 만만디(慢慢的, 천천히) 정신과 한가로움이 부럽다. 그런 중국도 속도와 경쟁이 속성인 자본주의 시장경제에 뛰어들면서 대륙의 진중성을 잃어가니 안타까운 일이다.

굼벵이는 썩은 나무나 땅속에서 10년여에 걸친 길고 긴 기다림 끝에 비로소 매미가 되어 세상에 나온다. 10년의 인고의 세월에 비해 10여 일에 불과한 매미의 짧은 생이 너무 허망하다고 생각한다면 그것은 자기의 잣대로 만사를 재단하려는 인간의 편견일 뿐이다.

우주적 차원의 시간 개념으로 본다면 80년을 사는 인간의 삶이나 10여 일에 불과한 매미의 생이나, 모두 찰나에 지나지 않는다. 중

요한 것은 시간의 길고 짧음이 아니고 존재의 의미와 향유의 가치일 것이다.

인간에게 정지된 상태란 죽음 아니면 수도(修道)할 때다. 굼벵이는 땅속에서 움직이지 않지만 죽은 것은 아니다. 수도자의 참선처럼 고요할 뿐이다. 고요함 속에서 소중한 꿈을 키우는 것이다.

푸르름의 절정인 여름에 태어나 이슬 먹고 노래하다 아무런 잡스런 경험 없이 오직 푸른 기억만 안고 사라져가는 매미의 징명(澄明)한 삶. 그 끝에 맞는 적멸(寂滅). 이것이 오랜 기간 땅 밑 정적 속에서 수도자의 자세로 굼벵이가 키워왔던 아름다운 꿈이다.

모더니스트 이주홍

— 연극 〈탈선춘향전〉을 보고

지금 부산은 이주홍 문화축전이 한창이다. 아래 글은 이 축전의 일환으로 이주홍 희곡을 무대에 올린 한결아트홀의 〈탈선춘향전〉을 본 소감이다. 어제의 장면을 반추하며 이 글을 쓰고 있다.

과거시험이 나오고 사또가 등장하니 시대는 분명 조선 중·말기지 싶다. 성춘향이 나오고 이몽룡도 나오니 춘향전이 분명하다. 그런데 싸이 〈젠틀맨〉의 시건방춤, 꽃게춤이 나오고 한창 주가를 올리고 있는 포미닛의 〈이름이 뭐예요〉도 나온다. 대사의 3분의 1은 육두문자다. 국악 가락과 트로트와 K팝이 마구마구 뒤섞여 있고 가벼움과 걸쭉함과 날카로움이 혼재해 있다. 청학동에서 내려온 분이 보았다면 기겁을 할 노출과 대사들이 시종일관이니 탈선도 이만저만 탈선이 아니다.

배우들의 대사 꼬락서니와 슬랩스틱에 가까운 과장된 몸짓들이 피식 냉소를 머금게도 한다. 어느 분이 각색을 해도 참 천박하게도

연극이 끝나고 출연진과 함께

했다 싶었다. 그러나 허허거리며 따라 웃다 보니 웃을 일이 많지 않
은 세상사를 잠시 잊게 만들어주고 동시에 시원한 배설감도 느끼게
해준다. 극이 끝나는 암전 후, 한결아트홀 대표이자 오늘의 사회를
맡은 김성배 선생께서 질문이 있으면 하라기에 연극의 인물 구성과
대사가 하도 황당하여 이주홍 선생께서 썼던 희곡을 얼마만큼 각색
했느냐고 물었더니 뒤쪽 어디선가 연출을 맡았던 이윤택 선생이 등
장하여 이 연극 2막까지는 이주홍 희곡 그대로라고 한다. 헐! 맙소
사. 이주홍 그분이 진짜로 정말로 요런 희곡을 썼다고?

　이 연극을 보기 전 나의 이주홍에 대한 인상은 순수문학가, 우아
한 서체의 서예인, 담백한 삽화가 등의 반듯한 예인의 풍모였다. 그
런 그의 이면에 이런 반항아적 영혼이 숨겨져 있었던가? 아마 이
희곡의 발표는 그의 정체성에 혼선을 가져올 만한 사건임이 틀림없
겠다. 해방 후의 혼란함은 있었지만 이 희곡을 쓴 때가 1949년 아닌
가. 아직도 왕조의 엄중함과 유교적 예의범절이 사회를 지배하던
시절 아닌가. 그때에 요로코롬 요상한 희곡을 써냈다니 있을 법한

얘긴가! 어쨌거나 부르주아적이고 남성 우월적이며 유교적 위엄을 한 방에 뒤집어엎는 통쾌무비한 반란의 한마당이었다.

풍자와 해학이 본래 그러하듯 기존의 도덕이나 조직이나 권위를 깨부수고 프롤레타리아의 비애를 어루만지는 카타르시스가 이 연극의 본질이 아닌가 싶다. 이 희곡을 보면 그 시절 이주홍의 내면에선 뭔가 부조리한 사회를 향해 분출하고픈 마그마가 속에서 부글부글 끓고 있지 않았나 싶다. 그렇지만 감히 아무도 상상하지 못한 방법으로 기존 질서에 반기를 든 이주홍은 분명 모더니스트이다.

오늘 출연한 배우들 대부분이 입문 2년 이하의 새내기들이라 하니 그 열정에 박수를 보내고 기대 또한 크다.

제3부

■

당국화 시절

고향집엔 꽃이 참 많았다. 사람들은 마당 가장자리, 텃밭 한 귀퉁이를 꽃들에게 내어주는 데 인색하지 않았던 것 같다.

보이지 않는 유산

나는 꽃이야, 아무렴 꽃이고말고. 그러나 내가 꽃이라면 왜 아무도 눈길 한번 주지 않는 것일까. 개망초는 사람들의 무관심에 조바심이 났다. "날 좀 봐주세요." 누가 봐주지 않는다고 꽃이 꽃 아닐 리 없으련만, 누구의 관심도 얻을 수 없었던 초라함을 견딜 수가 없었다.

개망초는 향기를 날리고 있었다. 자기가 꽃이란 걸 확인이라도 하듯 향기를 날리고 있었다. 향기를 좀 더 넓고 멀리 보내기 위해 안간힘을 써서 뿌리로부터 영양분을 길어 올려야 했다. 영양분은 향기가 되어 날아가고 꽃과 잎은 늘 파리했다. 젖은 눈으로 올려다본 하늘엔 구름 한 조각 외따로이 흘러가고 있었다. '아, 그렇구나, 나는 개망초였구나! 개떡, 개꽃, 개살구. 나는 '개' 자가 붙은 개망초였구나!'

개망초는 비로소 자신을 돌아보았다. 게접스레 뻗어 올린 부스스한 가지마다 수없이 매달린 초라한 얼굴들. 누가 심지 않아도 지천으로 피는 꽃. 나는 개망초였다. 나의 아버지 그 아버지도 개망초였다. 아무도 몰래 피었다가, 속절없이 지고 마는 개망초였다.

143

소년은 햇빛이 두려웠다. 햇빛은 가려져 있던 자신의 부끄러운 부분들을 밝음 속에 적나라하게 드러낼 것만 같았다. 언젠가는 햇빛 속으로 나설 날이 있기를 바라지만 지금은 때가 아니라고 생각했다. 다행인지 불행인지 햇빛은 소년과는 먼 거리에 있었다. 직진만 하는 햇빛은 병석(病席) 깊은 곳까지 돌아 들어올 줄은 몰랐다.

소년은 자기는 다른 사람들보다 부족함이 많다는 것을, 온전하지 못하다는 것을 너무 일찍 알고 있었다. 세상에 대해 파겁(破怯)을 하는 데는 많은 시간이 필요할 것이라고, 아니 어쩌면 평생 동안 그 두려움에서 벗어나지 못하고 살지도 모른다고, 자신에게 타이르고 있었다.

아버지는 오랫동안 앓다가 돌아가셨다. 몇 년 후 소년은 아버지보다 더 많이 앓게 되었다. 아버지는 돈이 있어 큰 병원의 혜택을 받기도 했지만 돌아가셨고, 소년은 아버지가 돈을 다 써버려 자신의 미래를 운명에 맡겨야만 했다. 그래도 죽지는 않았다. 죽지는 않았지만 '장애인'이라는, 남이 갖지 않은 이름 하나를 더 갖게 되었다.

소년은 재산도 건강도 물려받지 못한 것보다도, 아버지에 대한 추억이 없다는 것이 더 안타까웠다. 아버지가 다정하게 웃어주시는 모습은 기억의 갈피 그 어디에도 없었다. 근엄한 얼굴로 벌주고, 단정한 자세로 책 읽고, 핼쑥한 얼굴로 병석에 계시던 모습이 아버지에 대한 기억의 전부였다. 아버지는 내게 어떤 의미였을까? 하는 생각조차도 하지 않은 채, 그렇게 아버지를 잊고 소년은 어른이 되어 갔다.

어느 날, 한 소녀가 개망초의 얼굴을 살며시 손바닥에 감싸 쥐며 "개망초도 자세히 보니 예쁘네." 하며 향기를 맡았다. 소녀의 한마디 속에 새로운 세상이 있었다. 개망초는 자기와 똑같이 생긴 옆 친구의 얼굴을 보았다. 노란 씨방은 태양처럼 빛나고 하얀 꽃잎은 백설처럼 눈부셨다. 작다는 것은 초라한 것이 아니었고, 많다는 것은 천한 것이 아니었다.

"개망초도 자세히 보니 예쁘네." 소녀의 한마디는 인식의 경계선에 자리한 문이었다. 문 이쪽엔 절망과 원망과 어둠이 있었고, 문 저쪽엔 희망과 감사와 빛이 있었다. 개망초는 문을 열고 이쪽에서 저쪽으로 건너갔다. 그곳에서는 개망초도 꽃이었다. 할아버지도 아버지도 그리고 자기도 향기를 가진 꽃이었다. '개망초'는 한낱 이름에 지나지 않았다.

소년은 늘그막에 글을 쓰게 되었다. 글 쓰는 것은 많이 배우거나 타고난 사람들의 몫인 줄만 알았다. 그런데도 소년은 글을 쓰고 있었다. 자기가 글을 쓸 수 있다는 것이 이해되지 않았다.

소년의 기억 속에 희미한 풍경이 아물아물 떠올랐다. 컴컴한 골방이었다. 심심했던 소년은 호롱불을 켜 들고 골방 문을 열었다. 아버지의 유품을 쌓아둔 골방의 물건들 대부분은 책이었다. 오래된 이야기책과 빛바랜 역사책이 있었고 임어당이 어떻고 사르트르가 어떻고 하는 철학책도 있었다. 크기와 두께가 각각인 수많은 책들이 안경 낀 아버지의 모습과 함께 귀기(鬼氣) 속에 웅크리고 있었다. 그 책들은 밑도배용이나 딱지의 재료로 쓰이기도 했지만 대부분 바다를 건너와 보수동 뒷골목에서 형들의 학비가 되기도 했다.

소년은 아버지에게서 글을 배운 적도 없었고, 그 책들을 제대로 읽어본 기억도 없었다. 다만 그 책에 대한 기억 속에서 아버지의 정체성을 어렴풋하게나마 느낄 수 있었다. 아버지의 학문적 유전인자가 자신의 피 속에 흐르고 있을지 모른다는 생각이 스쳐 지나갔다.

"아! 나에게도 아버지께서 남겨주신 것이 있었구나." 자기가 글을 쓸 수 있다는 것이 이해되는 순간이었다. 드디어 소년은 햇빛 속으로 나왔다.

소녀의 한마디에 의해 개망초가, 골방의 기억을 통해 소년이, 비로소 찾아낸 자부심. 그것이 바로 아버지의 유산이었다.

아버지의 유산은 보이는 것도, 만져지는 것도 아닌, 정신 속으로 이어져 흐르는 강물 같은 것이었다. 아버지에게서 내게로, 나에게서 내 아이들로 이어질…….

어떤 해후

7월이면 내 아름다운 상처인 도라지꽃이 핀다.

창문 너머로 화단 경계석 사이에 피어 있는 단아하고 청초한 도라지꽃을 보고 있었다. 그 시야 속으로 도라지꽃을 닮은 한 소녀가 걸어 들어왔다. 남색 플레어 스커트에 하얀 블라우스, 풀이 빳빳이 먹여진 칼라는 꽃받침처럼 그녀의 환한 얼굴을 받치고 있다. 창문 안에서 내가 훔쳐보고 있는 줄도 모르고 그녀는 까만 갈래머리의 가늣한 뒷모습을 여운으로 남긴 채 사무실 모퉁이를 돌아 뒤꼍으로 사라졌다.

'경상남도 도유림사업소 안의(安義)분소'. 친구가 이곳에서 직장 생활을 하고 있어 가끔 놀러 오는 곳이다. 친구나 나나 프레시맨이어야 할 나이지만 친구는 형편이 어려워, 나는 건강이 좋지 않아 꿈을 일단 접어두어야 했다. 친구가 벌겋게 달아오른 내 얼굴에서 낌새를 채고는 궁금증을 풀어준다. "이곳 소장님 따님이야. 여고 2년생이고 뒤쪽 사택에 살아. 이름은 김민주."

두 번째 그녀를 만난 것은 같은 장소 비슷한 시간이었다. 첫 번째와 다른 점이 있다면 그녀와 내가 창문을 사이에 두고 눈이 마주쳐 버렸다는 것이다. 머루알 같은 눈동자가 잠시 시선을 내 얼굴에 두었다가 얼굴을 붉히며 황망히 거두어간다.

그날은 늦은 시간까지 그녀는 나타나지 않았다. 아쉬움을 안고 돌아가는 길, 정문을 나서자마자 그녀와 마주쳤다. 내가 목례를 했다. 그녀도 답례를 했다. 그녀가 내 앞을 지나 정문 안으로 사라질 때까지 나는 그 자리에서 꼼짝하지 않고 서 있었다.

재수 좋은 그날. 우체국 앞에서 그녀와 마주쳤다.

시선이 마주치자 누가 먼저랄 것 없이 목례를 했다. 나는 그때 분명히 보았다. 그녀의 입가로 잔잔히 번지던 미소를. 지나쳐 걸어가는 그녀의 뒷모습을 보며 순간이지만 심한 갈등 속에 빠진다. 쫓아가서 말이라도 걸어볼까? 무어라고 말을 걸지? 가슴의 박동이 너무 심해 말이 제대로 입 밖으로 나올까. 더듬거리다 창피만 당하고 말 거야. 마음속으로 궁리하고 갈등하는 사이 그녀는 저만치 멀어져갔다.

자전거를 타고 다리를 건너고 있었다. 다리 저편에서 그녀가 걸어오고 있는 모습이 보였다. 갑자기 맥박이 빨라지고 가슴이 두근거리기 시작했다. 평정심을 잃는가 싶더니 기어이 그녀 앞에서 자전거와 함께 나뒹굴어버렸다. "어머나, 괜찮아요?" 처음으로 들어보는, 얼굴만큼이나 예쁜 그녀의 목소리였다. "예, 괜찮습니다." 대답은 했으나 제정신이 아니었다. 자전거를 일으켜 세워 절룩거리며 다리를 건넜다, 그녀의 시선을 뒤통수에 따갑게 느끼며. 마음의 수치심과 절망감에 비하면 손바닥 찰과상의 쓰라림은 아무것도 아니었다. 올려다본 하늘가엔 노을이 시리도록 아름다웠다. 네 번째 만남이자 마지막 만남. 내 스무 살의 7월은 그렇게 세월의 갈피 속으로 저물어 갔다.

안의를 떠나온 후에도 주체할 수 없었던 그녀에 대한 그리움은 편지지 속으로 녹아내렸다. 마음을 담은 긴긴 사연의 편지를 보내고 또 보냈다. 처음 작정대로 열 번째가 마지막 편지가 되었다. 열 번의 편지를 보내는 동안 답장은 한 번도 오지 않았다. 그러나 그것은 그녀의 잘못이 아니었고 가능한 일도 아니었다. 발신인 주소가 없는 편지를 보냈기 때문이다.

내가 살아오는 동안 그녀는 퇴색되지 않는 도라지꽃의 영상으로 나를 언제나 소년이게 했다.

인터넷 동호회 회원들은 '들꽃축제'에 참석한다는 설렘으로 들뜬 표정들이다.

완만하게 경사진 산허리를 따라 수십 종의 꽃들이 종류별로 무리 지어 심어져 있다. 그 사이로 난 굽은 길을 따라 사람들은 밀리듯 오간다. 소음과 번잡함에 지쳐버린 듯한 꽃들을 보며 인공적으로 가꾸어진 꽃은 들꽃이 아니라는 생각이 든다. 작열하는 태양과 맞닥뜨리고 비바람에 시달리기도 하면서, 환경에 순응하며 자라야 할 들꽃들이 둘러친 경계 속에 수인처럼 갇혀 있다.

나는 인파를 피해 근처 언덕배기로 올랐다. 진짜 들꽃을 볼 수 있을까 해서다. 그곳에서 의외의 횡재를 했다. 축제를 주최한 사찰 스님들의 식용으로 가꾸는 듯한 도라지 밭이 있었다. 흰색과 보라색의 도라지꽃이 흐드러지게 피어 있다. 들꽃은 아니지만 답답했던 가슴이 뻥 뚫리며 축제에서 느낀 실망을 단번에 보상받는 기분이었다.

"와! 도라지꽃이네."

뜻하지 않은 소프라노에 돌아보니 '아침미소'(동호회 닉네임)님이었다. 게시판에 올린 내 글에 대해 항상 호의 어린 댓글을 달아주던 회원이다. 홀로 언덕을 오르는 나를 보고 따라왔노라고, 이렇게 많은 도라지꽃을 보기는 처음이라고 했다. 도라지꽃은 특별한 의미가 있는 꽃이기도 하다 했다.

남궁환 시집

> 도라지꽃 닮은 그대
> 영원한 나의 위안이여!
> 내 영혼은 한 자락 바람 되어
> 그대에게 머물게요.
> 힘들고 외로울 때 창가에
> 바람 한 자락 흔들리면
> 나 그대와 함께임을 잊지 마소서.

어딘가 낯익은 구절이 그녀의 입에서 흘러나왔다. 내 기억 속에서 그 구절이 낯익은 까닭을 찾아내는 데는 오래 걸리지 않았다. 그리고 나는 경악했다. 가슴은 흥분으로 요동쳤다. 갑자기 굳어진 내 얼굴을 의아하게 바라보며 "돌아가신 어머니의 레퍼토리였거든요. 하도 많이 들어서 나도 외워요." 그녀가 간단한 설명을 곁들인다. 순간 도라지꽃들이 파르르 떨기 시작했다. 돌아가시다니. 그러면 민주가 이 세상 사람이 아니란 말인가. 그리고 이 아가씨는 민주의 딸이었단 말인가.

아침미소님이 읊조린 구절은 30여 년 전, 내가 민주에게 보낸 마지막 편지의 마지막 구절이었다.

민주와 나는 만났다. 이승과 저승이라는 보이지 않는 절대적 칸막이를 사이에 두고.

아이보리색 항아리. 얼마 전에도 저런 항아리를 본 적이 있다. 49재를 지내는 동안 절간 한쪽에 모셔두었던 어머니의 유해가 들었던 항아리다. 어머니의 유해는 유언대로 산속에 바람이 되어 흩어졌으나 민주의 유해는 답답하게 항아리 속에 갇혀 있다. 그런데도 사진 속에서는 중년의 넉넉한 미소를 머금고 웃고 있다. 사진 옆에는 "어머니, 두려워 마시고 외로워도 마세요. 우리가 항상 어머니 곁에 있을 테니까요. 세상의 고통 다 잊으시고 편히 잠드세요. 어머니는 언제까지나 우리들의 가슴속에 살아 계십니다. 사랑해요, 어머니."라는, 분신으로 남겨진 두 남매의 인사말이 적혀 있다.

내 마음의 고향 같던 두 여인은 이제 모두 떠났다.

재력과 학력, 인물 등, 나무랄 데 없는 사람과 결혼을 했으나 말못할 사정으로 젊은 나이에 이혼하고 애들만 보고 살았다는 그녀. 외로움을 이겨내는 주문처럼 외웠다는 내 편지의 글귀. 정말 그녀에게 위안이 되었을까. 그녀도 나 못지않게 나를 기억하고 있었단 말인가. 적어도 그녀가 나를 기억하고 있었다는 사실에 기뻤고 이제

오랜 애후

영영 만날 수 없다는 현실이 슬펐다.

그녀는 떠났지만 유월이 오면 나는 그녀를 만난다, 어김없이 피는 도라지꽃 너머에.

가을 봉선화

8월이면 봉선화 붉은빛은 더욱 짙어진다. 꽃잎이 손짓을 한다. 아득한 근심 없던 그때 그 동산에서.

"범아, 니도 봉숭아 물 디리주까? 봉숭아물이 곱게 들면 좋은 남자 만난단다."

"좋은 남자 만나 뭐 하게?"

"니는 물론 좋은 색시 만나제."

"그래, 나도 디리도."

봉선화 붉은빛이 짙어지면 양순이 누나는 꿈을 꾸었지 싶다. 경건하리만큼 정성 들여 손톱에 봉선화 물을 들이는 행동은 어쩌면 그 꿈에 대한 누나의 기도였을지 모른다. 그때 꾸었던 누나의 꿈은 무엇이었을까. 그 모습을 신기해하는 내게도 누나는 봉선화 물을 들여주었다.

양순이 누나는 내 친누나가 아니다. 내가 아주 어릴 적, 6·25사변이 터졌다. 그 전쟁통에 부모를 잃고 고아가 된 아홉 살 난 계집아

153

이를 부모님이 수양딸 삼아 그때부터 김양순이 하양순이 되어 내 누나가 되었다. 집에서 학교도 보내주고 친딸처럼 대했으나 속이 깊은 누나는 학교 갔다 돌아오면 그냥 놀지 않고 눈치껏 집안일을 도왔다. 특히 네 살 아래인 나를 알뜰히 보살피고 귀여워했으며 나 또한 누나가 좋아서 무척 따랐다. 양순이 누나는 얼굴도 이쁘지만 부지런하고 착해서 부모님도 무척 이뻐하셨다.

젊은 처녀들은 봉선화가 피면 너나없이 꽃물을 들였다. 정성 들인 꽃물은 은은하고 투명한 고운 빛깔이 되어 나비처럼 손톱 위에 내려앉는다. 봉선화 물이 곱게 든 해는 백마 탄 남자를 만날 수 있다는 속설 때문이었을까? 그 백마 탄 남자는 그 시절 아무것도 기약할 수 없는 불확실한 미래에 대한 구원 같은 의미였을 것이다.

"누나야, 좋은 남자 만나서 시집가몬 나도 따라가도 되나?"

"하모, 다른 사람은 몰라도 범이 니는 데리고 가꾸마, 건데 니는 예쁜 색시 만나서 장가가야 되는데?"

"나는 고마 누나 따라갈란다."

누나는 미소를 지으며 나를 꼭 안아주었다. 그때 느꼈던 누나 냄새는 지금도 잊혀지지 않는다. 지금 생각해보면 네 살밖에 차이나지 않았지만 누나는 참 어른스러웠다.

어릴 적 고향집엔 꽃이 참 많았다. 짬짬이 만든 화단에, 울타리 아래, 텃밭 가에, 길섶에, 눈 닿는 곳 어디에도 꽃들이 지천이었다. 비록 가난하게 살아도 사람들은 마당 가장자리, 텃밭 한 귀퉁이를 꽃들에게 내어주는 데 인색하지 않았던 것 같다.

나팔꽃, 접시꽃, 맨드라미, 백일홍, 당국화, 도라지, 분꽃, 붓꽃,

수국, 채송화, 백합, 달리아, 금잔화, 코스모스, 봉선화, 무궁화 등. 내 기억 속에 있는 꽃들이다. 그중에 봉선화는 씨가 무르익으면 손만 살짝 갖다 대어도 씨를 감싸고 있는 껍질이 톡 하고 터지며 홀라당 거꾸로 뒤집어져 까만 씨가 사방으로 흩어진다. 그래서 봉선화 꽃말이 '나를 건드리지 마세요'인지 모르겠다. 까닭으로 봉선화 꽃씨를 딸 때면 주먹 속에 꽃씨를 감싸듯이 해서 딴다. 이렇듯 꽃씨를 따서 다음 해에 철 맞춰 심는 것도 양순이 누나 몫이다. 돌이켜 생각해보면 온갖 꽃 속에서 보낸 나의 유년은 행복하고 아름다운 시절이었다. 그리고 양순이 누나가 있어 더욱 행복했었다.

'울밑에 선 봉선화야 네 모양이 처량하다'로 시작되는 김형준 작사, 홍난파 작곡의 우리 가곡 〈봉선화〉. 이 노래는 가냘파 보이면서도 끈질긴 생명력으로 피고 지고 또 피어나는 봉선화의 특징을 잘 나타내어 일제 말기 조국 잃은 백성의 서러움을 달래고 민족혼을 일깨우는 노래로 많은 사랑을 받았던 우리 대표 가곡이다. 또한 한편으론 꼭 누나를 노래한 가곡 같아 나는 지금도 이 노래를 접할 때는 양순이 누나가 생각나 가슴 아프다.

누나와의 행복했던 세월은 오래가지 못했다. 아버지의 오랜 투병 생활로 가세는 기울고, 가산을 소진하고도 아버지는 끝내 돌아가셨다. 그때부터 우리 집은 궁핍한 생활로 접어들었다. 설상가상으로 나마저 큰 병에 걸려 가족 부양을 책임져야 할 어머니가 나에게만 매달렸기 때문에 온 가족은 뿔뿔이 살길을 찾아 흩어져 저마다 모진 세월을 보내야만 했다. 그 뒤 나도 고향을 떠나게 되었고 무심한 세월이 속절없이 흐른 먼 훗날, 뒤늦게 전해들은 누나의 소식.

어느 지인의 소개로 만난 내 중학교 동창의 큰형에게 강제로 순결을 잃고, 그렇게 농부인 그의 아내가 되어 두메산골에 살고 있다고, 술주정이 심한 매형은 의처증까지 있어 이쁜 누나가 달아날까봐 일부러 산골짜기 외딴 곳에 가 산다고.

내 나이 오십을 바라보는 어느 초가을, 첩첩 산골짜기 차가 다니기엔 너무 좁고 험한 길을 이리 뒤뚱 저리 뒤뚱, 꼭 누나의 인생처럼 굽이진 길을 따라 찾아간 누나의 집. 마당가엔 접시꽃과 봉선화 몇 그루가 나를 반겼다.

그곳에는 예전의 그 곱던 누나는 보이지 않고 주름이 하나씩 늘어가는 얼굴에 흰머리도 희끗희끗 비치는 초로의 여인이 날 맞아주었다. 옛날 봉숭아 물 곱게 들이던 곱디고운 손과 손톱은 간 곳 없고, 소나무 껍질처럼 거칠고 건조한 손의 누나가 내 손을 마주잡고 말없이 눈물만 흘린다. 그 눈물 속에는 하 많은 사연들이 녹아 있었으리.

나중에 밭에서 돌아온 매형은 소문보단 훨씬 순박해 보였다. 애들은 모두 외지로 나가고 동네에서 엄청 떨어진 외진 곳에 늙은 두 내외가 살아가는 모습에 만감이 교차한다. 기르던 토종닭을 잡아 백숙을 해서 들여와서는 "저, 저어, 범아, 누추하지만 하루 밤 자고 가믄 안 되겠나?" 훌쩍 건너뛴 세월 탓에 내 이름 부르기도 어색한지 더듬거리며 건네는 말에 "오늘 부산으로 가야 하거든요, 다음에 또 올게요." 내 대신 답하는 아내의 말에 아무 말 없이 가는 한숨만 내쉰다.

아쉬움을 남기고 돌아서는 마당가 싸리 울타리 아래, 누나의 한숨처럼 애잔한 봉선화가 나를 올려다본다.

천상의 연주

휘영청 달 밝은 가을 하늘로 새들이 날아오릅니다. 눈 맑은 소리
새들입니다. 그것은 어쩌면 박달나무 가지에 깃들었던 새들인지 모
릅니다.

똑딱 똑딱 또다다닥 또다다닥. 대청마루에서 날아오른 투명한 날
개를 단 소리새들은 창백한 달을 휘돌아 아득한 별들과 어우러집니
다. 지상에서 태어난 소리이긴 하지만 그 고고함이 하늘에서 살아야
할 천상의 소리이기 때문일까요. 도대체 어디에서 어떻게 만들어진
소리이기에 하늘과 숲과 사람의 마음을 씻고 지나갑니까.

대리석만큼이나 딱딱하고 단단한 박달나무 다듬잇돌 위에, 희다
못해 푸른빛이 배어 나온 옥양목 이불 홑청. 그 앞에 어머니가 단아
한 자세로 앉아 있습니다.

처음엔 마치 조율을 하듯, 오른손에 쥐어진 다듬잇방망이는 수백
년 박달나무에 깃들었던 새들을 불러내듯 소리를 만들어냅니다. 높
게 낮게 똑 딱 똑 딱. 다음엔 왼손이 추임새를 넣듯 오른손 사이로

157

사뿐사뿐 끼어듭니다. 서서히 리듬을 타기 시작합니다. 앞서거니 뒤서거니 높았다 낮았다 또다다닥 또다다닥. 어머니와 다듬잇돌이 동화되어갑니다. 급기야는 어머니, 다듬잇돌, 다듬잇방망이. 이 셋이 삼위일체 하나가 되어 무아지경 속에서 신묘한 가락을 만들어냅니다. 한 마리, 두 마리, 수십 마리, 수백 마리, 수많은 종류의 새들이 날아오릅니다. 어머니의 표정은 무념무상입니다. 마치 어머니가 아닌 그 무엇이 어머니의 몸을 빌려 연주를 하는 듯합니다. 그 무엇은 도대체 무엇일까요. 어둠일까요. 바람일까요. 어쩌면 맑은 얼굴로 태어난 이 가을일지 모르겠습니다.

세상의 그 어떤 악기가 이렇듯 아름다운 소리를 만들어낼 수 있을까요? 청아한 다듬이 소리는 맑고 투명한, 가을을 닮은 어머니의 영혼이 만들어내는 가락이지 싶습니다. 어머니는 세상의 어떤 연주자보다도 더 경건하고 열정적으로 연주를 하고 있습니다. 청중 한 사람 없는 이 가을밤에.

그때는 그렇게 생각했습니다. 그러나 지금 생각해보면 그 소리는 어머니의, 아니 그 시절 이 땅에 살았던 여인들의 한이 승화되어 날아오르는 소리였습니다. 벙어리 3년, 귀머거리 3년, 장님 3년으로 살아야 했던 숨 막히는 여인의 한 말입니다.

그런 여인들이 자기 의지로 큰 소리를 낼 수 있었던 건 오직 다듬이질뿐이었지 싶습니다. 그 한을, 그 감정을 아름답고도 절제된 가락으로 풀어낼 줄 알았던 이 땅의 어머니들. 그 슬픔과 아픔이 서려 있어 더욱 아름다웠던 소리. 지금은 들을 수 없는 그 소리가 그립습니다. 어머니가 그립습니다.

158

내 속의 그리운 소리 하면 생각나는 또 하나의 풍경이 있습니다. 황토 마당에 흙냄새 날리며 가을비가 내립니다. 꼬마는 커다란 우의를 덮어쓰고 비 오는 마당 가운데 쪼그리고 앉습니다. 우의 자락이 비에 젖은 땅바닥에 쫙 깔리면 비 오는 바깥 세계와는 완전히 차단되어 혼자만의 작은 나라가 만들어집니다. 조금 있으면 땅의 지열과 꼬마의 체온에 텐트 안은 따뜻하고 아늑해집니다. 아마 어머니의 자궁 속이 이랬을 거라는 상상을 해봅니다.

토닥토닥 우의에 떨어지는 빗소리는 밀폐된 우의 속에 공명되어 아름다운 연주가 됩니다. 굵은 빗방울, 가는 빗방울. 세어졌다 약해졌다, 토닥 토닥 토다닥 토다닥, 아련히 아련히 이어집니다. 눈을 감으면 어머니의 자장가 소리도 들리는 듯합니다. 빗소리의 리듬은 상상의 나래가 됩니다. 꼬마는 소리를 따라 긴 긴 여행을 떠납니다.

그 외에도 많은 소리들이 기억 저쪽에 옹기종기 모여 있습니다. 아침 햇살처럼 노랗게 흩어지던 참새 소리, 봄을 알리는 전령처럼 앞개울 얼음 깨어지는 소리, 아지랑이 들녘의 종다리 하늘을 깁는 소리, 후두둑 텃밭 언덕 호박잎 두드리는 소나기 소리, 스스스 억새밭을 건너오는 가을바람 소리, 겨울바람에 휘파람을 불던 문풍지 소리, 텅 빈 학교 깃대의 태극기 펄럭이는 소리, 메아리도 없이 밤하늘을 채우던 기러기 소리,

이 소리는 또 어떻습니까. '딸랑딸랑' 두부장수 손종 소리. "재첩국 사이소." 새벽을 여는 소리. '철거덕 철거덕' 엿장수 가위 소리. "은이나 금, 채권 삽니다." 동네 골목을 누비며 한낮의 적막을 깨는 소리. "메밀 묵 사려~" "찹쌀 떠~억" 긴 꼬리가 차가운 겨울밤을

빗겨 갑니다. 대부분 지금은 사라진 소리들입니다.

빛바랜 흑백 사진처럼 흘러간 내 유년의 여백에 묻혀 있는 소리들. 가만히 눈 감고 귀 열어놓습니다. 소리들은 기억의 갈피에서 걸어 나와 정겨운 풍경을 그려줍니다.

모든 소리가 잠들어버린 무료와 적막이 숨 막혔던 때도 있었습니다. 지금 생각하면 차라리 견디기 힘들었던 유년의 그 적막이 평화였다는 생각이 듭니다.

아이들은 깜둥이 되려 바다로 가고 어른들은 나무 그늘 아래 나른한 오수에 빠져 있습니다. 간짓대 끝, 잠자리 날개 접고 앉으면 이 세상 소리는 모두 잠이 들고, 햇빛이 뜨거움으로 쌓이는 마당 가 어린 채송화는 맨드라미 그늘 아래 볼이 발그레 익어갑니다. 바람마저 힘겨워 땀 훔치고 떡갈나무 숲으로 쉬러 가버리면 심심한 플라타너스 잎사귀 늘어지게 하품하는 8월 오후. 적막이 온 세상을 덮어 누르면 꼬마는 어떤 무서움에 가슴 조였습니다.

폐수나 악취, 스모그만이 공해는 아닙니다. 피부를 긁고 지나가는 바퀴의 마찰음. 시도 때도 없이 울려대는 경적 소리. 이곳저곳 공사장 콤프레셔, 해머 소리. 심장이 오그라들듯 소름이 돋는 기계의 금속성. 골목의 평화를 사정없이 깨버리는 이동상인의 스피커 소리.

도시 공간을 꽉 채우고 있는 이 모든 불협화음은 우리가 의식 못하는 사이 평온을 불안으로 느긋함을 조급함으로, 조용함을 부산함으로, 겸손을 오만으로 바꾸어놓는 공해 중의 공해입니다. 이 모든 소리들은 알게 모르게 우리들의 영혼을 병들게 합니다. 굳이 힐링을 말하지 않아도 아름다운 소리는 분명 병든 도시의 영혼을 씻어줄 것입니다. 그 소리를 불러와야 합니다. 눈을 감아보세요. 그리고 어머니가 들려주던 천상의 연주에 젖어보세요.

참빗

아, 어머니!

민속공예품 판매대 위의 참빗을 보는 순간 어머니의 모습이 떠올랐다. 어머니에의 추억은 망설임 없이 거금 만 원을 주고 참빗 하나를 사 오게 했다. 그렇게 담양 답사 때 사온 참빗을 지금은 내가 아주 유용하게 쓰고 있다. 이 빗으로 머리를 빗으면 성긴 내 머리숱이 조금은 빽빽해 보이는 효과가 있기 때문이다.

우리 조상들은 황금분할의 원리를 진작 알고 있었을까. 참빗은 보기 좋은 황금비율의 직사각형으로 생겼다. 대나무를 종잇장처럼 얇게 빚어 촘촘히 만든 빗살들은 강하면서도 부드럽다. 빗살을 튕기면 '솔'쯤의 음계에 해당하는 하프 소리가 튕겨 나온다. 가운데 살들은 갈색, 얇은 살들을 보호하는 가장자리 두꺼운 살은 검정색, 가운데 몸통 부분은 부드러운 갈색이다. 여인네의 소품 치고는 화려하지도, 요란하지도 않은 두고두고 보아도 싫증이 나지 않는 고상함과 우아함을 지닌 색의 조화이다. 도톰한 몸통에서 끝으로 오면서 얇아진 두께의 흐름은 시각적 아름다움도 좋거니와 쥐었을 때 손아귀의 감각을 참 기분 좋게 한다.

참빗을 볼 때마다 어머니의 모습이 어른거린다. 경대 앞에 앉아 허리 가까이까지 내려오는 까만 머리를 참빗으로 빗어 동백기름 곱게 발라 쪽을 지어 옥빛 비녀로 마무리하던 어머니의 모습이 눈에 선하다. 머리를 단장하시던 어머니의 손놀림은 나비가 꽃에 깃들듯 조용하고 나붓하며 경건하기조차 했다. 이러한 어머니의 머리 단장은 아버지가 돌아가신 이후에도, 채마밭에 거름을 이다 나르는 농사꾼이 된 뒤에도, 만년에 몸져 누울 때까지 계속되었다. 어머니는 매일 아침 머리를 빗으며 무엇을 꿈꾸었을까.

여인은 쪽 졌던 비녀를 뽑고 머리를 풀어내려 잠자리에 들 때 어쩌면 그 비녀를 뽑는 손길이 님의 손길이길 바랄지 모른다. 스스로 뽑는 비녀 끝엔 낮은 한숨이 묻어나지 않았을까.

여인은 가슴 깊이 늘 절절한 사랑을 꿈꾸는 건 아닐까. 지금 그녀가 절절한 사랑 속에 빠져 있지 않는 한 그녀가 처녀이건 과부이건 유부녀이건 그 꿈은 항상 그녀의 것이다. 설사 그녀가 꿈꾸는 사랑이 평생토록 오지 않는다 할지라도 죽는 날까지 그 사랑을 맞을 준비를 한다. 아침마다 거울 앞에서 참빗으로 머리를 가지런히 빗어내리는 것이 바로 그 행위일 것이다.

한 올 흐트러짐 없는 머릿결은 여인의 자존심이자 위엄이다. 참빗은 그녀의 머리카락을 품었다 놓아주면서 구겨지거나 흐트러지려는 그녀의 자존심을 빳빳이 일으켜 세우는 것이다. 여인은 그 도도한 자존심 속에 그리움과 열정과 기다림을 묻어두고 있다. 문득 산

발한 쑥대머리로 칼을 쓴 채 기약 없는 님을 기다려야 했던 춘향의 심정은 어떠했을까 하는 생각이 스친다.

중세 서양에서는 남자가 전쟁이나 장사 등으로 오랫동안 집을 비울 때는 비너스대(帶)라는, 쇠붙이로 만든 정조대를 아내에게 채우고 그 열쇠를 가지고 다녔다고 한다. 독수공방의 외로움과 농익은 여인의 정염을 이기지 못해 탈선하는 것을 막기 위해서이다. 그러면 우리네 여인들은 어떠했을까. 그녀들은 강제적이고 물리적인 타인에 의한 규제 대신 스스로 자기 마음을 다스릴 정신적 정조대를 준비한다. 그것이 참빗과 비녀와 은장도이다. 참빗에서 대나무의 절개를 배우는 것일까. 매일 아침 한 올 한 올 가지런히 머리를 빗어 내리며 올올이 일어서는 그리움과 정염을 잠재우고 마지막 비녀로 그 욕망을 자물쇠를 채우듯 채우는 것이다. 이렇듯 참빗과 비녀는 욕망을 잠재우고 님이 돌아올 때까지 온전히 정절을 지키며 기다리게 하는 정신적 정조대 역할을 하는 것이다. 은장도는 정절의 마지막 보루다. 타인에 의해 지조와 정절을 지킬 수 없게 될 때 상대를 물리치거나 그것마저 여의치 못할 때 자결로써 자신의 정절을 끝까지 지켜내기 위한 마지막 선택의 도구이다.

참빗이 정작 있어야 할 곳인 경대 서랍에 있지 못하고 관광상품 코너나 민속공예품 전시관에 있다는 것은 무엇을 의미하는가. 생머리는 여인의 순수이다. 그 순수를 지키는 것은 참빗이다. 참빗이 있어야 할 자리를 잃었다는 것은 여인들이 그 순수를 점차 잃어가고 있다는 얘기다. 그 순수의 자리에 온갖 모양과 색깔의 현란한 유행이 대신하는 모습은 변해버린 세태를 보는 듯해 안타까운 마음이다.

흑단 같은 여인의 머릿결은 만나지 못한 참빗은 불행하다. 민속
공예품 진열장에 얹혀 있는 참빗은 여인의 머리를 그리워하고 있을
지 모른다. 동백향 은은한 머리카락 한 올 한 올을 자기의 가슴속에
품었다가 정갈함과 부드러움과 윤기를 덤뿍 얹어 여인의 머리로 되
돌려보낼 때 참빗은 비로소 자신의 정체성을 찾을 것이다.

참빗

달동네 연가

겨울이 되면 고양이 울음소리가 달빛처럼 투명해지는 동네가 있다. ○○동 산 91번지, 내가 사는 이곳. 블록으로 대충 쌓아 올린 담벼락, 쪽창 창살에서 흘러내린 녹물이 어설픈 추상화를 그려놓은 바람벽, 그 바람벽이 바로 도로의 경계가 되는 곳, 찌그러진 의자와 로터리식 구식 TV가 집안에서 쫓겨나 웅크리고 있는 곳. 일찍 고요해진 어둠 속에서 작은 소리도 생명을 얻는 동네.

이곳을 지키는 나를 사람들은 '외등'이라 부른다. 집 안에 있는 등은 실내등이라 부르고 나는 밖에 있다고 해서 그렇게 부르는 모양이다. 가끔은 가로등이라 부르는 사람도 있지만 아랫동네 멋진 몸매의 가로등과는 달리 차도 올라오지 못하는 골목, 볼품없는 시멘트 기둥에 전구만 하나 달랑 갓을 씌워 매달아놓은 형상이니 외등이란 이름이 어울리고 나 또한 그 이름이 좋다. 내가 매달린 시멘트 기둥엔 나 말고도 수십 가닥의 전기선 전화선 등이 얼기설기 매달려 있고 가끔은 서툰 글씨로 '전세방 있음' '옷 수선' 이라고 쓰인 광고지가 내 허리를 두르기도 한다.

내가 지키는 이 골목길은 10년이 지나도 별로 변한 게 없다. 옛날하고 달라진 점이 있다면 '무궁화 꽃이 피었습니다.' '여우야 여우야 뭐 하니?' 밤이 이슥하도록 재잘거리며 놀던 아이들의 모습이 사라지고 희미한 백열등의 내 눈동자가 산뜻한 형광램프로 바뀐 것뿐, 지나가는 사람들의 행색이나 표정이나 골목 안 풍경 등은 예나 지금이나 변한 게 없다.

겨울의 낮은 밤에게 맥을 추지 못한다. 길고도 찬란했던 지난여름의 위풍당당했던 모습을 떠올리며 좀 더 자신의 시간을 연장하려 버텨보지만, 이미 쇠약한 낮의 등을 힘차게 밀어낸 겨울밤이 빠른 속도로 낮의 자리를 점령해가면 그때부터 나는 희미한 불을 밝혀 밤의 한 귀퉁이를 지켜야 한다.

"우리 아들놈이 이번에 S대를 졸업했는데 떡하니 S그룹에 취직을 했다네요." 팔다 남은 생선이 담긴 함지박을 옆구리에 낀 아낙이 환한 얼굴로 같은 행색의 옆 사람에게 자랑스럽게 얘기한다. "그럼 식이 어머닌 머잖아 이곳을 뜨겠구먼." 서운함과 부러움이 섞인 대꾸가 바람벽에 가 부딪힌다.

젊은 사내 하나가 헐레벌떡 달려와 사방을 둘러보더니 가슴에서 손지갑을 꺼내 내용물을 대충 훑어보고는 투덜댄다. "에이, 재수 더럽게 없네. 겉은 번지르하더니 이게 뭐야, 겨우 3만 원." 돈만 끄집어내 안주머니에 넣고는 지갑은 쓰레기통에 던져버리고 건들거리며 사라진다. 나쁜 놈, 쓰레기통 대신 우체통에라도 좀 넣지.

핼쑥한 얼굴의 소녀가 맞은편 담벼락에 기대어 나를 올려다본다. 아니 하늘을 올려다본다. 슬픈 눈동자 속엔 어디에도 기댈 대 없는 세상에 대한 원망과 체념이 담겨 있다. 금세 두 눈에서 눈물이 주르륵 흘러내린다. 오늘은 하늘에 별이 없기에 다행이라는 생각이 든다.

'브라보 브라보 아빠의 청춘……' '청춘을 돌려다오……' '고향산천 가는 길이 절로 보인다……' 골목길 들어설 때 시큼한 술 냄새를 풍기며 기고만장 목청껏 불러대던 유행가 가락이 골목길 빠져나갈 때는 잔뜩 가라앉았다.

눈에서 붉은 광채를 뿜는 길냥이 한 마리가 유행가 소리 잦아든 허공에 리드미컬한 울음을 날리다가 멀리서 들리는 암컷의 소리를 따라 담장과 지붕을 타고 훌쩍 사라진다. 시린 내 발치에 북풍에 실려온 찢어진 비닐봉지가 잠시 머물다 떠난다.

갑자기 인적도 소리도 끊겨버린 이곳은 배우도 관객도 모두 떠나버린 빈 무대 같다. 나는 그 빈 무대를 지키는 초인(哨人)이다. 세상은 무대이고 인생은 연극이라 했던가. 그러나 이 골목 무대에 등장하는 배우들은 생짜배기 배우들이다. 죽었다가 막 뒤에서 되살아나는 그런 배우가 아니다. 슬프면 슬프고 아프면 아프고 죽으면 그냥 죽어버리는 진실을 연출하는 무대이고 배우이다. 그러기에 그들의 적나라한 모습을 지켜보는 나는 때로는 슬프고 때로는 기쁘고 때로는 분노를 참지 못한다.

화려한 도심을 바쁘게 지나는 사람들은 멋진 자태에 밝은 빛을 비추는 가로등을 고마워할 줄 모른다. 하지만 비록 촉수 낮은 희미한 불빛일망정 내 아래를 지나는 사람들은 자기들을 위해 어두운 밤을 지키는 나의 고마움을 안다. 때때로 힐끗 올려다봐주는 눈빛에서 나는 그것을 느낄 수 있다. 오늘같이 별빛마저 없는 날 내 역할은 더욱 막중해진다. 지친 몸과 시린 마음을 가진 사람들을 마지막 한 사람까지 따뜻한 가족의 품으로 무사히 인도할 큰 임무가 주어지기 때문이다. 이곳에 사는 사람들은 하늘과 가깝다. 몸만 아니고 영혼도 가깝지 싶다. 치부를 하기 위해 누굴 해하지 않고 권력을 잡기 위해 누구를 무릎 꿇리지도 않는다. 주어진 조건 속에서 그저 열심히 살아갈 뿐이다. 비록 가난하지만 진솔하고 소박한 모습들이 나로 하여금 오랫동안 이곳을 떠나지 못하게 한다.

희뿌연 여명 속으로 정겨운 얼굴들이 보인다. 발광 점퍼를 입은 미화원 박씨 아저씨. 신문 꾸러미를 옆구리에 낀 소년 가장 김군. 작은 우유 배달 손수레를 끌고 가는 은수 엄마. 그들의 꽁무니에서 조금씩 자라고 있는 희망이라는 꼬리. 사랑하는 이들이여, 오늘도 안녕.

안개 속에서

언제부터 피어오른 것인지 모를 짙은 안개가 세상을 둘로 갈라놓는다. 보이는 세상과 보이지 않는 세상으로.

차들이 카멜레온의 걸음걸이처럼 어기적거린다. 마주 오는 차의 전조등 불빛이 코앞에 와서야 보일 정도로 안개는 지독하다. 사람도 차들도 보이지 않는 세상 속으로 빨려 들어간다. 빨려 들어간 모든 것들이 해체되어 뿌얀 안개로 변해버리는 것 같다. 저 속으로 들어가면 우리의 의식마저도 몽롱해질지 모른다는 생각이 스친다.

한쪽에 차를 세우고 내린다. 운행이 힘들어서가 아니다. 안개 속으로 사라진 집 전신주 나무 따위를 찾기 위해서는 더욱 아니다. 안개가 내 기억의 옷자락을 붙잡고 놓아주지 않아서이다. 안개는 형체는 삼키고 기억은 토해놓는다.

새벽 해무(海霧)로 여명이 더 뿌옇다. 낙과(落果)로 떨어진 감을 남몰래 먼저 줍기 위해 일찍 일어난 새벽, 촉촉한 냉기가 밤새 늘어진 세포들을 꼿꼿이 일으켜 세운다. 안개가 자욱한 날은 누렁이가 먼저

신이 난다. 누렁이와 함께 안개 속을 달린다. 안개 속을 달리는 일은 알 수 없는 미래를 향해 달리는 일이었다. '알 수 없는 미래'라는 말은 나를 들뜨게 했다. 적어도 그때는.

안개는 흰 장막이다. 앞마당에 겹겹이 널어놓은 하얀 광목이다. 나는 술래가 되어 안개처럼 피어오른 광목 자락을 들추고 누나를 찾는다. 정신없이 들추고 헤맨 어느 자락 사이에서 누나가 나팔꽃처럼 웃고 있다. 이제는 그 누나의 얼굴이 안개처럼 가물가물하다.

추억의 끝자락을 붙잡고 한사코 놓지 않는, 안개와 관련된 두 편의 작품과 그 작품을 닮은 내 젊은 날의 초상이 있다.

…쓸쓸한 가축들처럼 그들은
그 긴 방죽 위에 서 있어야 한다
문득 저 홀로 안개의 빈 구멍 속에
갇혀 있음을 느끼고 경악할 때까지…

…한밤중 여직공 하나가 겁탈당했다…
방죽 위에서 취객 하나가 얼어 죽었다

…그것은 개인적인 불행일 뿐, 안개 탓은 아니다.
— 기형도, 「안개」 중에서

…안개는 마치 이승에 한이 있어 매일 밤 찾아오는 여귀(女鬼)가 뿜어내놓은 입김과 같았다. …한번만, 마지막으로 한번만 이 무진을, 안개를, 외롭게 미쳐가는 것을, 유행가를, 술집 여자의 자살을, 배반을, 무책임을 긍정하기로 하자.
— 김승옥, 「무진기행」 중에서

두 사람은 안개에 대해 비슷한 인식을 하고 있는 것 같다.

한밤중 안개 속에서 겁탈당했던 여공, 안개에 갇힌 짐승처럼 앞길이 보이지 않는 군상. 역 광장에서 사람들에 둘러싸여 조롱받고 있는 미친 여자, 폐병에 걸려 미래를 상실한 채 골방에서 절망에 신음하는 청년. 우울한 시대의 우리의 자화상이자 나의 자화상이다.

고통 없이 죽는 방법은 없을까. 오랫동안 너무나 오랫동안 힘겨운 투병 생활을 하면서 몇 번을 겪어야 했던 자살 충동. 형들의 체력 단련을 위해 만들어놓은 마당가 철봉에서 이웃 동무들과 매달려 놀다가 떨어진 후, 외상은 없었으나 앓아누웠다. 그것이 길고 긴 투병의 질곡으로 들어가는 출발점인 줄 그때는 몰랐다. 꼼짝도 하지 못한 채 이불 위에 누워서 팔다리에 지속적으로 이어지는 아리고 욱신거리는 아픔을 참아내기는 죽음보다 더한 고통이었다.

의료 시설이 변변찮은 시골에서, 설사 큰 병원이 있었다 한들 5년 동안 심장병으로 가산을 소진하고 아버지가 돌아가신 뒤끝이라 병원비가 없어 병원 신세를 질 처지도 되지 못하였기에 동네 한의원에서 약 몇 제 지어먹은 것이 의술의 혜택을 받은 전부였다.

오가피, 어성초, 뱀, 고양이, 지네, 갓 태어난 새끼 돼지 등. 할 수 있는 민간요법은 다 동원했으나 백약이 무효였다. 문틈으로 보이는 목련을 보면서 내년에도 다시 저 목련을 볼 수 있을까 하는 생각을 매년 봄마다 해야만 했다.

막다른 골목에 처한 어머니는 치료비 대책도 없이 용하다는 큰 한의원 원장의 왕진을 무작정 청해놓고 보았다. '주마담'이라는 진단이 나왔다. 죽은 피가 여기저기 돌아다니며 곪아터지고 세포를 썩

게 하는 병이라 했다. 적어도 한약 다섯 제는 먹어야 한다고 했다. "선생님, 우리 아들 좀 살려주세요. 약값은 이담에 꼭 갚겠습니다. 제발 우리 아들 좀 살려주세요." 자존심도 없었다. 어머니가 할 수 있는 일은 사정과 억지뿐이었다. 그때 한의사는 좀 색다른 제의를 했다. "저기 저 바둑판을 약값 대신 주세요." 뜻밖의 제의에 순간 어리둥절했으나 "아이고, 선생님. 고맙습니다. 이 은혜 평생 잊지 않겠습니다." 명품을 알아본 혜안과 무지가 엇갈리는 순간이었다.

후일담을 하자면, 그때는 우리가 무지하고 어려서 몰랐지만 형들도 혼자 들기 쉽지 않을 정도로 무겁고 두터웠던 아버지가 쓰시던 그 바둑판은 약값의 몇 곱도 더 가치가 있는 비자나무로 만든 명품이었다.

명품 바둑판과 바꾼 약도 소용이 없었다. 어머니는 벼랑 끝에서 종교에 의지하기로 했다. 부모의 치성으로 자식의 병을 낫게 할 수 있다는 말에 지푸라기라도 붙잡는 심정으로 영세까지 받은 가톨릭을 개종하여 천리교란 델 다녔다.

인명은 재천이라 했던가. 어머니의 정성이 하늘에 닿았는지 10년간의 투병 끝에 지체장애인이란 꼬리표를 달긴 했지만 이날까지 나는 살아 있다. 안개 속 같은 절망의 길고 긴 미로를 빠져나와 내가 다시 태어나던 날, 그날을 잊지 못한다.

내가 도회지로 나와 취직을 하고 채 1년이 되지 않았을 때, 다시 병이 재발했다. 이번엔 큰 병원에 가서 제대로 진찰을 받고 수술도 받았다. 거기서 나온 최종 검사 결과는 '결핵성 골수염'. 결핵균이 뼛속을 타고 전신으로 돌아다니다 약한 부위에서 화농을 일으켜 뼈를 부식시키는 병. 심한 경우엔 팔다리를 잘라내야 하고 골수암으로 발전하여 죽기도 한다는 무서운 병이었다. 투약과 영양 섭취와 안정. 이 세 가지는 하나라도 소홀히 해서는 안 될 치료의 절대 조건. 그 어느 하나 충족하지 못한 지난 10년의 열악한 조건 속에서 살아 있는 것이 기적이라 했다. 그러나 약 먹고 영양 보충하고 안정하면 틀림없이 나을 수 있는 병이기도 했다.

나이드라지드와 유파스짓 등의 결핵 치료제와 영양식을 하며 병원에서 지정해준 6개월이 지나 마지막 결과를 보러 갔던 날. "축하합니다. 결핵균이 완전 소멸되었습니다. 완치된 겁니다." '아! 이럴 수가. 이렇게 쉬운 것을……'

기쁨과 회한이 한꺼번에 몰려왔다. 다시 태어난 것 같은 기쁨의 한편엔 이렇게 쉽게 치료가 가능한데 곤궁한 형편과 무지 때문에 나의 유년과 청춘을 온통 **빼앗겨버린** 지난 세월이 너무나 억울하고 원통했다. 그토록 오랫동안 지옥 같은 고통과 절망 속에 내 영혼과 육체를 짓이겨놓았던 병. 그 병을 스스로 번 돈으로 완치시켰다는 현실이, 뿌듯함 속에서도 어떤 서글픔이 오랫동안 먼 하늘을 바라보게 했다.

내가 다시 태어나던 날. '하느님, 감사합니다. 다시 주신 생명. 최선을 다해 살겠습니다.' 스스로 다짐했던 것처럼 나름대로 최선을 다해 살았고 나는 낙천주의자가 되었다.

서서히 걷혀가는 안개가 나에게 속삭인다. '안개는 그냥 안개일 뿐.'이라고.

김치와 어머니

늦은 가을비가 한 차례 지나가고 나면 기온은 뚝 떨어지고 배추밭
엔 하얀 서리가 내린다. 배추가 얼기 전에 김장을 서둘러야 할 때다.

어머니의 김장 솜씨는 인근 마을 모르는 사람이 없을 정도로 정
평이 나 있었다. 지금은 채소, 과일이 철도 없이 비닐하우스에서 생
산되어 나오지만 내 어릴 적 그 시절엔 철 따라 나는 채소, 과일은
그 철에만 먹을 수 있었다. 그러니 김치는 이른바 한 철만 나는 배추
를 일 년 내내 먹을 수 있게 한 우리 조상의 지혜인 셈이다. 그것도
근년에 와선 세계가 인정하는 우수한 식품으로.

그때도 배추를 기를 만한 밭이 없는 사람은 배추를 사서 김장을
했지만 대다수의 시골 사람들은 배추를 직접 길러서 김장을 했다.
특히 우리 집은 집 좌우로 500평 정도의 텃밭이 있어 그곳에 몇 가
지의 김장거리를 심어 자급자족했었다. 배추, 무, 쑥갓 등.

배추는 '청방'과 '화심' 두 종류를 심었는데 청방은 속은 덜 차고
푸른 잎이 많은 섬유질이 좀 질기고 거친 우리 고유의 재래종이다.

노란 속살은 적어 좀 덜 고급스럽지만 맛은 구수한 깊은 맛이 나는 게 다음 해까지 갈무리해 먹는 데는 잘 맞는 품종이었다. 청방을 심는 또 하나의 이유는 배추 뿌리 때문이다. 배추 크기에 따라 직경 4~8센티미터 정도 되는 배추 뿌리는 우리들의 아주 멋진 겨울 간식거리였다. 얼듯 말듯 골망골망해진 배추 뿌리의 달착지근하고 구수하고 맵싸한 맛은 인공적으로 만들어진 어떤 간식에 비교되지 않을, 말로 형언할 수 없는 맛이었다. 화심 배추는 배추 통이 크고 노란 속이 보기 좋게 꽉꽉 찬 개량종 배추다. 씹는 맛이 부드럽고 고급스러웠으나 좀 싱거운 편이었다. 요즘 시중에서 살 수 있는 배추는 대부분이 화심 배추이다. 화심 배추는 통 크기에 비해 뿌리는 너무 왜소하고 맛도 없었다.

배추뿐만 아니고 무김치, 갓김치, 약지 등, 김치 종류만 해도 열 가지가 훨씬 넘었다. 내가 사내아이였기 때문에 속속들이 김치 담그는 법은 알 수 없지만 기억에 남는 몇 가지를 기록한다면 우리 고장에선 멸치 젓국에 양념을 해서 담그는 것이 보통이었는데 일부는 새우젓으로 담그는 경우도 있고 배추 속에 갈치, 조기, 볼락 등 생선을 넣어 담그는 경우가 대부분이다. 김치 속에서 잘 삭은 생선은 정말 맛있었는데 요즘은 생선 값이 장난이 아니라 그것도 마음껏 넣지 못하는 것 같다. 무를 얇게 썰어 대구 장지(아가미, 지느러미 등)를 넣고 담근 깍두기는 입에서 살살 녹는다고 표현할 만큼 그 맛이 상큼하고 아련하다. 지금은 무 모양이 크고 투박하게 생겼으나 그 당시 우리가 재배했던 무는 길이 25~30센티미터, 직경 7~10센티미터 정도 되었다. 땅속에 묻힌 부분과 땅 위로 올라온 부분이 반반 정도 되었는데 땅 위로 올라온 부분은 껍질이 파랗고 윤이 자르르 흐르는 게 생무를 먹을 땐 그 부분이 특히 달고 맛있었다. 여자들의 못생긴 다리를 보고 무 다리라고 하는데 나는 그것이 잘못된 표현이라고 생각한다. 어릴 적 보았던 무는 갸름하고 길쭉하게 잘 빠진 모습이 그렇게 날씬하고 이쁠 수가 없었다. 특히 생무를 먹기 위해 손톱으로 껍질을 벗기고 나면(요즘은 무 껍질을 벗기려면 칼로 깎아야 하지만 그때는 손톱으로도 쉽게 벗겨졌다) 정말 윤이 자르르 흐르고 반짝반짝 매끈매끈한 무의 속살이 드러나는데 베어 먹기가 아까울 정도로 예뻤다. 무속은 또 얼마나 맛있던지⋯⋯. 부드럽고 매끄럽고 그렇게 맵지도 않으면서 달착지근했다. 이런 무로 담근 김치는 뭐든 맛있었는데 그중, 앞서 말한 장지 깍두기, 석박지, 동치미, 그 외 무를 얇게 저미거나 얇은 놋숟가락으로 갉아낸 무와 굴을 넣어 담근 굴무김치도 일품이다.

배추김치 중 내가 제일 좋아했던 김치는 백김치였는데 말 그대로 붉은색이 나지 않는 흰 김치다. 고춧가루 대신에 실고추를 넣고 밤, 잣, 호두, 배 같은 흰색 과일과 석화라는 좀 특별한 재료를 넣기도 했다. 석화는 바위에 붙은 이끼의 일종이라는데 한 면은 회색이고 한 면은 검은색으로 소 천엽처럼 생겼지만 천엽처럼 질기지는 않고 맛도 무취 무맛에 가까운데 이것이 김치의 개운한 맛을 내는 데 한 몫한다고 들었다. 살얼음이 약간 곁들인 겨울철 백김치의 담백하고 시원한 기막힌 그 맛. 요즘은 백김치도 드물거니와 백김치 속의 석화는 찾아보기 힘들다.

아버지 살아 계실 땐 식솔이 꽤 많아 열 명도 넘었다. 이 식구가

일 년 먹을 양에다 이웃에 좀 나눌 것까지 해서 약 200포기 정도는 담그는 것 같았다. 워낙 많은 양의 김장이기에 이웃집 아낙들도 와서 거들고 하여 김장하는 분위기가 마치 잔칫집 분위기였다.

"이 집 마님은 음식 솜씨가 좋기로 소문이 났지만 기중에도 김장 솜씨는 정말 기가 막히는기라." "하모, 똑같은 재료, 똑같은 양념을 쓰는 우리는 우째 이런 맛이 안 나는지 모르제, 참 얄궂데이." 김장을 도우러 온 이웃 아낙들의 너스레다.

우리 어머니의 고향은 하동이다. 내가 아는 사람도 음식 솜씨가 하도 좋아 칭찬을 했더니 어머니한테서 배운 솜씨라 하고 그 어머니도 고향이 하동이라 했고, 여동생의 친구 어머니도 하동 분인데 그렇게 음씩 솜씨가 좋다 하니, 하동은 자고로 맛의 고장인가 보다.

나는 입만 가지고 여기저기 기웃거리며 막 버무리는 김치 속이나 깍두기 등을 얻어먹고는 밤에는 물을 켜고 했다. 그럴 때 김장판을 진두지휘하던 어머니가 "범아, 너무 많이 먹으면 밤에 오줌 싼다." 하셨다. 여기서 오줌 싼다는 말은 이불에 지도를 그리는 게 아니고 안채에서 조금 떨어진 곳에 있는 아래채 뒷간에 갈 때를 걱정해서다. 닭장과 헛간을 지나 아래채 안쪽에 있는 뒷간 가는 길이 여간 무서운 게 아니었다.

이렇게 담근 김치는 먹는 시기에 따라 분류해서 설 지나고 먹을 김치는 모두 땅속에 묻었다. 땅속은 기온 차가 그리 크지 않아 오래 저장하는 데는 안성맞춤이었다. 땅속에 묻어 저장하는 것은 김치뿐만 아니고 고구마, 무 등도 땅속에 묻어두고 꺼내 먹었다. 큰 웅덩이를 파고 바닥과 가장자리에 짚을 두껍게 깔고 무나 고무마 등을 넣고 짚으로 덮고 그 위에 흙으로 채우고 또 그 위엔 짚으로 엮은 뚜껑을 얹어 보온을 했다. 흙으로 덮을 때 웅덩이 한쪽에 어른 팔 하나 정도 드나들 수 있는 터널을 만들고 입구는 짚 마개로 막아두고 꺼내 먹을 때는 이 터널 속으로 손을 넣어 꺼내 오곤 했다. 긴긴 겨울밤 배가 출출하고 입이 궁금하면 고구마나 무를 꺼내다 깎아 먹는데 방문만 열면 설한풍이라 아무도 가기를 원치 않아 가위바위보로 정하곤 했다. 방에서 약 20미터쯤 떨어진 거리까지 가는데 정말 춥고 무서웠다. 그러나 웅덩이 터널 속으로 팔을 집어 넣으면 그곳에선 따뜻한 훈기가 느껴지곤 했다.

지금 돌이켜 생각하면 너무나 아련하고 그리운 추억이다. 그때의 그 기막힌 김치 맛도 이제는 어머니와 함께 영영 돌이킬 수 없는 과거 속으로 사라졌다.

그리운 당신

어머니!

속으로나마 참 오랜만에 불러봅니다. 오늘 따라 잠이 오지 않아 첫새벽 베란다에 나와 초사흘 눈썹달을 바라보며 조용히 불러봅니다. 별빛 머금은 찬바람이 산을 타고 내려와 아파트 가로등 불빛 아래 가엽게 떨고 있는 초췌한 나뭇잎을 훑고 지나갑니다. 인적 끊긴 포도 위를 으스스 굴러가는 낙엽은 나의 가슴속 고독의 골을 더욱 깊게 합니다. 외로움을 느끼고서야 비로소 떠올리는 당신의 얼굴.

어머니!

육십이 가까워 당신을 여의었건만 그때서야 온전히 고아가 되었다는 상실감에 몇 밤을 통곡으로 지새웠던 그때가 불과 반 년 전이였는데……. 하루도 못 보면 미쳐버릴 것 같은 안타까움에 아리는 가슴을 부여잡고 지갑 속의 사진을 하루에도 몇 번씩 꺼내 보고 했었는데……. 세월 속에 그리움은 점차 바래어가고 사진을 꺼내보는

빈도수도 줄어가고……. 이제는 내가 외로울 때나 되어야 당신이 못내 그리워지는 참으로 무심하기 짝이 없는 자식이옵니다.

내 어릴 적 추억 속엔 유달리 꽃이 많았었지요. 아침에 잠 깨어 뜰로 나오면 어머니가 항상 내 곁에 있듯이 꽃들도 그렇게 내 곁에 있었습니다. 나팔꽃, 도라지꽃, 달리아, 접시꽃 등은 특히 아침에 아름다운 꽃이었지요. 어머니가 절로 내 곁에 있듯이 꽃들도 절로 내 곁에 있는 줄 알았습니다. 그러나 지금 가만 생각해보면 내가 어려 미처 깨닫지 못했지만 꽃은 절로 피어난 것이 아닌 듯합니다. 한해살이 꽃들은 봉지봉지 꽃씨를 받아두었다 다음해 봄에 또는 초여름에 때 맞추어 심어서 정성스레 물 주어 가꾸어야 피어나고 여러해살이 꽃들도 구근이나 뿌리가 겨우내 얼지 않게 짚이나 낙엽으로 꼭꼭 밟아 갈무리하셨던 어머니의 모습이, 조락의 계절 잠 못 드는 이제야 떠오릅니다. 철 따라 피어나던 그 꽃 속에 어머니의 마음이 숨어 있는지 그때는 철없어 몰랐습니다. 눈이 시리게 곱고 선명하던 꽃잎의 빛깔 속에 어머니의 숨결이 배어 있는 줄 그때는 어려 몰랐습니다.

생활의 언저리에서 이따금씩 만나는 반가운 우리 꽃들을 보면 이제는 그 속에서 어김없이 어머니의 모습을 떠올립니다. 도라지꽃처럼 단아하고 한 마리 학처럼 기품 있던 당신의 모습을……. 4층 베란다에서 내려다보이는, 꽃들이 떠나버린 화단 위로 다시금 한 줄기 바람이 지나갑니다. 몸을 휘감는 냉기 속에서 분꽃 향기 같은 당신의 온기가 너무나 그립습니다. 살아 계실 때나 돌아가신 지금이나,

외롭고 힘겨울 때, 아쉬울 때나 생각나고 찾게 되는 게 당신의 존재
로군요.

'범아! 그래도 너의 기억 속에 살아 있는 내가 얼마나 고맙고 행복
한지 모른단다. 외롭고 쓸쓸한 네 가슴속에 봄 향기로 남아 한 자락
위안이 될 수만 있다면…….' 어머니의 목소리가 들리는 듯합니다.

어머니!

당신은 떠났지만 떠나지 않았어요, 내 스산한 가슴속엔 항상 따
뜻한 온기로 남아 있어요. 어릴 적 유난히 병약했던 나. 형제 중 유
독 나 때문에 영일(寧日)이 없었던 당신의 인생. 내가 어른이 된 후에
도 그 애잔한 시선으로 늘 지켜보던 당신. 오늘따라 너무나 그립습
니다. 그래요, 내가 행복할 땐 잊고 지내다 힘겹고 외로울 때만 당신
을 찾을게요, 살아생전에도 늘 그랬던 것처럼…….

추석 무렵

올해는 추석이 9월 초순에 들었다. 너무 일러 햇것들을 차례 상에 올릴 수 있을지 모르겠다. 추석이면 생각나는 유년의 한 페이지.

한 떼의 고추잠자리가 코발트색 하늘 캔버스에 붉은 점묘로 날고 아이들의 하굣길 풍경이 후경으로 깔린다.

"보래, 너거 배 고푸제?"

"왜? 배 고푸몬 풀빵 사줄락고?"

"풀빵 대신 단감은 어떻노?"

"또 그 황 영감 깟밭(야산)에 서리 가작고?"

"그 영감탱이 지독하다 카던데 괜찮겠나?"

"개안타, 전에도 몇 번 따 묵어봤지만 안 잡힛다 아이가."

보릿고개 시절 6학년짜리 우리는 늘 배가 고팠고 가끔은 서리를 해서 허기진 배를 채우곤 했다. 황 영감네 앞산 중턱엔 감나무와 밤나무가 많았는데 그중에서 단감나무는 아이들의 표적이었고 감이 맛이 들 때쯤이면 아이들과 황 영감의 숨바꼭질이 시작된다.

그날도 리더 격인 종길이의 유혹에 나와 명성이는 못 이기는 체 따라 나섰다.

"너거 그 이바구 들었나? 황 영감 붕알이 짝붕알이라 카는 거."

"샛바람 불몬 한쪽 붕알이 주먹만큼 커진다 카는 거 말이가?"

"맞다, 샛바람 불몬 한쪽 붕알이 탱탱 불어갖고 주먹만 해진다 카드라."

"나도 소문은 들었는데 그기 참말인 기가?"

"참말이다, 어른들이 봤다 카드라."

"그기 참말이몬 영감이 지독해서 하나님이 벌을 줏는갑다."

감 서리 할 때마다 어김없이 쫓아 올라오던 영감이 미워서 우리는 동네 소문을 근거로 황 영감 흉을 보기에 신이 났다.

바람아 불어라 샛바람아 불어라. 누구누구 붕알이 탱탱 붓그로.

바람아 불어라 샛바람아 불어라. 누구누구 붕알이 탱탱 불어서 우리 잡으로 못 오그로.

우리는 즉석 가사에 멜로디를 붙여서 합창을 하며 가벼운 걸음으로 앞산 감밭으로 향했다.

"보래 너거, 오늘은 작전 좀 세우자."

"작전이 뭐꼬?"

종길이의 작전인 즉, 감밭으로 오르는 외길 중간에 웅덩이를 파서 인분을 채우고, 가는 나뭇가지를 걸치고 넓은 나뭇잎들을 얹어 흙을 덮어 위장해두면 황 영감이 우리 잡으러 올라오다 그 웅덩이에 빠져 온통 똥 칠갑이 되어서 우리 잡으러 오는 걸 포기할 거라는 거였다.

"히야! 그거 기막힌 작전이다." 명성이는 쾌재를 불렀고 "그런데 후환이 없을까?" 나는 조금 걱정이 되었다. "개안타 마, 문디 영감쟁이 우사를 좀 해야(창피당한다는 뜻) 정신을 차리제."

정작 정신 차려야 할 사람은 걸핏하면 서리를 하는 우리들일 텐데 오히려 적반하장인 종길이의 말에 아무도 토를 달지 못하고 우리는 작전에 돌입했다. 똥 웅덩이를 완성한 우리는 의기양양 깟밭으로 올랐다. 잘 익은 주황색 감이 저무는 햇빛을 받아 더욱 먹음직스럽게 빛난다. 낮은 가지의 감을 우선 한 개씩 따서 우적우적 씹어 먹는다. 단물이 입안 가득 고일 때는 진저리를 칠 만큼 맛있었다. 낮은 가지의 단감만으론 모자라 종길이가 가지에 올라가 따서 던지면 명성이와 나는 부지런히 주워 모았다. 그렇게 한참 정신없을 때

"저 깟밭에 누고? 빨리 안 내려오나."

순간 가슴이 덜컹했으나 우리의 작전이 생각나 다시 묵묵히 감 따기를 계속했다.

"야, 이노무 짜석들, 빨리 안 내려올 끼가."

그래도 우리는 아랑곳하지 않고 작업을 감행했다. 몇 차례 더 악다구니를 하던 황 영감은 어느 순간 잠잠해졌다. 우린 속으로 으흠 드디어 우릴 잡으러 올라오겠구나, 그러면 작전 성공이지. 크크크.

"그런데 이상하다, 영감탱이가 올라오지도 않고 보이지도 않는데?"

"영감쟁이 매구(귀신)제, 웅덩이 파논 것 눈치챘나, 오늘 따라 와 안 올라오노?" 작전이 빗나가 머쓱해진 종길이가 투덜거렸다.

어느 듯 해는 서산에 걸리고 내려갈 채비를 할 때 "야 이놈들아,

이 나쁜 놈들." 어딘가서 황 영감의 벼락 치는 소리가 들렸다. 그런데 그게 산 아래쪽이 아니고 산 위쪽이었다. 우리는 허를 찔린 것이다. 산 아래쪽만 주시하고 있는 사이 산 뒤로 돌아서 위쪽에서 내려오리라고는 꿈에도 생각하지 못했다. 갑자기 기습을 당해 혼비백산한 우리는 감이고 뭐고 다 내동댕이치고 죽을 둥 살 둥 산 아래로 내달았다. 맨 앞에서 달리던 종길이가 갑자기 "으악!" 하며 꼬꾸라졌다. 아뿔싸! 황 영감을 겨냥한 그 웅덩이, 그 똥물 가득한 웅덩이, 그 웅덩이에 종길이가 빠질 줄이야!

온 가랑이가 오물 범벅이 된 채, 그래도 종길이는 절뚝거리며 계속 내리뛰었다. 명성이와 나도 구린내가 등천을 하는 그 뒤를 따라 계속 뛰었다. 한참을 뛰다 뒤돌아보니 황 영감은 따라오지 않았다. 그제야 우리는 가쁜 숨을 고르며 길가 풀섶에 털썩 주저앉았다.

"와! 오늘 완전히 재수 옴 올랐다. 이기 무신 꼴이고." 종길이는 울상이 되어 투덜거렸다. 비탈길을 정신없이 도망 오느라 땀에 젖은 몰골들이 말이 아니었다. 길섶에 피어 있는 키 큰 코스모스가 바람에 살랑살랑 '꼴들 좋다' 하며 내려다보고 있었다. 배에서는 꼬르륵 소리가 나고 노을은 왜 또 그리 아름답던지! 이럴 줄 알았으면 감을 몇 개 더 먹어둘걸.

개울에서 종길이의 바지를 씻어 말리느라 우리는 어두워서야 집에 들어갔다. 영감님이 다녀갔는지 어머니가 회초리를 들고 벼르고 있었다. 어머니의 벌은 종아리 열 대와 저녁 굶기였다. 회초리보다 배고픔이 훨씬 고통스러웠다. 다음 날, 학교를 가니 황 영감은 우리 집만 찾아온 것이 아니었다.

"와! 지독한 영감탱이 우짜몬 좋겠노. 우리 아부지한테 이르는 바람에 지게 작대기로 얻어맞고 밥도 못 얻어묵고 쫓겨난 기라. 영감탱이 짝붕알 확 터짓삐라." 종길이는 분을 참지 못하고 씩씩거렸다.

"나도 우리 엄마한테 집안 망신시킨다고 되게 얻어맞았다."

명성이와 우리 집은 아버지가 안 계셨지만 엄하기로는 어머니들도 만만치 않았다.

그 후, 보름 정도 지나 추석이 낼 모래로 다가온 어느 날 저녁, 황영감네 막내아들이 잘 익은 감과 밤, 배가 가득 담긴 대바구니를 어머니께 전하며 "아부지께서 이번 추석에 쓰시라고 전해드리라 카든데예." 하며 두고 갔다. 나중에 알고 보니 우리 집만 보낸 것이 아니고 종길이네도, 명성이네도, 그 외 어려운 몇 집에도 보낸 것을 알았다. 그 후 우리는 다시는 감 서리를 하지 않았고, 어쩌다 다른 애들이 감 서리를 해도 "저 깟밭에 누고?" 하는 고함 소리는 더 이상 들리지 않았다.

우리가 철이 들면서 깨달은 것은 황 영감이 짝불알이었는지는 몰라도 우리가 생각했던 것만큼 독한 할아버지는 아니었다는 사실이다.

■
여인과 구절초

세상물정에는 숙맥이고 작은 일에도 바보스럽게 잘 웃는 한 여인이 있다. 숫기가 없어 연애도 한 번 못 해본 채 중매로 결혼을 하였으나 그렇게 만난 남편이 세상에서 제일 잘난 사람인 줄 알고 사는 여인이다.

겁이 많아 혼자서는 여행도 못 다니고 이상하게 생긴 것이나 날것은 잘 먹지도 못한다. 도시에서 태어나 도시에서 자라 나무도 꽃도 잘 알지 못한다. 벚나무 열매가 벚찌인지 뽕나무 열매가 오디인지도 모르고, 장사익의 〈찔레꽃〉이란 노래를 좋아하지만 정작 찔레꽃은 잘 알지 못한다고 했다. 그러나 고기를 구울 때나 냄새 나는 음식을 만들 때, 거실에 있는 화초가 그 냄새를 싫어할 것 같아 공기 맑은 베란다에 내다 놓는다고 하는 대목에선 어설픈 지식보다는 진실로 자연을 사랑하는 고운 심성을 느낄 수 있다.

잘난 구석도 없고 잘하는 것도 없노라고 한다. 기계치에 방향치에 길치에 숫자치에…… 바보 치 자가 줄줄이 달렸노라고 한다. 옆에서 보기에도 그래 보인다. 그런데도 그 여인이 좋아 보이니 나도 바보 속(屬)인가 보다.

나는 여태껏 그녀가 남 칭찬하는 말은 들었어도 남의 흉을 보거나 자기 자랑하는 걸 보지 못했다. 왜 항상 남의 얘기 듣기만 하고 말이 없느냐고 하면 자기는 아는 게 별로 없다 보니 할 말도 별로 없노라고, 그보다는 남의 얘기 듣는 게 더 좋노라고 한다. 그저 겸손의 말 같지만 어쩌면 이 말은 성숙된 수양과 훌륭한 처세의 모범 답안지 같다는 생각이 든다.

남 앞에서 잘난 체 자기의 식견을 떠벌려봤자 결과는 본전이다. 상대를 배려하지 않거나 겸양이 결여된 섣부른 지식의 피력은 자칫 현학으로 비치기 쉬우며 아는 바를 내뱉는다고 그 지식이 재생산되는 것도 아니다. 또한 그것이 절대적 진리라고 확신할 수 있는가? 그러나 남의 얘기를 새겨들으면 분명히 남는 것이 있다. 그녀의 내부에는 많은 사람들로부터 얻은 지식을 잘 마름질해 차곡차곡 쌓아둔 창고 같은 게 있을 것 같다.

남 앞에 나서거나 자기 의견을 주장하지 않는다고 해서 그녀가 못났거나 배움이 모자라는 건 결코 아니다. 어쩌다 접하는 그녀의 글 속에서 그녀의 지성과 철학을 엿볼 수 있으며 용모 또한 반듯하기 때문이다.

망설임 없이 자기의 부족함과 무식함을 진솔하게 얘기할 때는 바보스러워 보이기도 하지만 그 바보스러움 속에 감추어진 순수와 진실을 느낄 수 있다. 자기가 진실만을 얘기하듯 남의 말도 당연히 진실일 걸로 믿는다. 남의 말의 진위(眞僞)를 가리지 못해 몇 번이고 크다란

곤경에 빠졌던 나로서는 아직도 고이 간직한 그 순수가 부럽기도 하고 그 순수를 간직할 수 있게 울이 되어준 주위 환경 또한 부럽다.

남의 말을 의심해볼 줄도 모르고 반론을 제기할 줄도 모르는 것은 단지 바보여서 그럴까.

황희가 벗들과 담론을 나누고 있었다. 갑이란 벗의 말끝에 "자네 말이 옳으이." 하고 황희가 동감을 표시했다. 을이란 친구가 갑의 말에 반론을 제기하자 "자네 말도 옳구면." 하지 않는가. 옆에 있던 아내가 "이 사람 말도 옳다, 저 사람 말도 옳다니 당신도 참 딱하구려." 하고 황희의 줏대 없음에 핀잔을 주자 "듣고 보니 당신 말도 맞구만." 해서 좌중은 한바탕 웃음판이 되었다. 훗날 명재상이 된 황희 정승의 일화이다.

남의 의견을 존중하고 칭찬하는 자세는 최고의 덕목이다. 자기와 다른 생각을 비판하기 이전에 자기 생각에 오류가 없는가를 먼저 생각해보는 것은 자기의 성장과 함께 화합된 사회를 만드는 지름길이다. 아무리 자만이 넘치는 사람도 항상 자기를 존중해주는 사람의 의견은 쉽사리 무시하지 않는다.

어쩌다 그녀 앞에서 잘난 사람들 사이에서 덩달아 잘난 체를 하고 난 뒤 나중에 뒤돌아보면 한없이 부끄러워질 때가 있다. 나의 자만과 경솔함에 비해 그녀의 겸손함과 신중함은 그 어떤 보석보다 빛나지 않는가!

세상엔 모르는 게 없고 못하는 게 없는 사람들이 도처에 깔려 있다. 자기들이 나서면 모두가 태평가를 부를 수 있도록 만들 것같이 말하는 사람들이다. 그런데도 세상은 문제투성이고 오히려 잘난 사람이 많을수록 세상은 자꾸만 삐거덕거린다. 잘난 사람이 많다고 잘난 세상이 되는 건 아닌가 보다.

칡나무와 등나무는 둘 다 다른 물체를 감고 올라가며 자라는 덩굴식물이다. 이들에겐 물체를 감고 올라갈 때, 항상 오른쪽으로만 감고 올라가는 공통된 습성이 있다. 경우에 따라선 왼쪽으로 오를 수도 있으련만 한사코 오른쪽으로만 오른다. 이런 외고집 때문에 둘은 한 물체를 타고 오른다 할지라도 평생 만날 일이 없다. 그래서 서로의 의견이 평행선을 그으며 화합하지 못하는 모양을 칡 갈(葛) 등나무 등(藤) 자를 써서 갈등이라 하지 않던가. 어쩌면 잘난 사람들은 칡나무 아니면 등나무일지도 모른다. 하늘 끝까지 올라봤자 독야청청이다.

스스로 바보라고 여기는 사람보다 서로 잘난 사람들 사이에 항상 갈등이 생긴다. 그것은 자기의 유식에 도취하여 세상엔 왼쪽으로 오르는 길도 있다는 걸 알지 못하거나 알려고도 하지 않기 때문이다.

구절초는 들국화의 일종이다. 우리가 시골 길섶에서 흔히 만날 수 있는 들국화는 대부분 구절초와 사촌간인 쑥부쟁이나 개미취다. 그들은 사람들의 왕래가 비교적 잦은 들이나 야산에 무리 지어 피어 예쁜 자태를 다투어 뽐낸다. 구절초는 쑥부쟁이나 개미취와 비슷하게 생겼으나 다른 점이 한두 가지가 있다. 사람들 눈에 잘 띄지 않는 산속 덩굴 사이나 바위틈에 주로 피면서 향기가 거의 없는 쑥부쟁이나 개미취와 달리 은은한 향기를 가졌다.

찾는 이 없는 한적한 어디쯤, 아홉 구비(九折) 역경을 딛고서 곧은 꽃대 밀어 올려, 하얀 얼굴 자기만의 향기로, 청초하게 피어 있는 초

롬한 자태. 우리네 옛 여인의 현신이런가!

향기는 꽃에만 있는 것은 아니다. 무구한 영혼에서 풍겨 나오는 사람의 향기는 그 어떤 꽃보다도 주위를 아름답고 향기롭게 한다.

사람들 사이에서 그들의 얘기를 관심 있게 들어주고 잔잔한 미소로 무언의 공감을 표시하는 성숙된 자세의 그녀는 뭇 나무나 덩굴들 사이에 피어난 한 떨기 구절초 같다.

그녀를 닮아야겠다는 이상주의와 그래가지고는 험한 세상 살기 힘들지 하는 현실주의 사이에서의 갈등은 아직도 풀지 못한 숙제다.

변함없는 그대

이제 얼마지 않아 꽃샘추위가 물러나면 시골 들녘엔 앙증맞은 보라색 제비꽃이 피어난다.

> 냇물 곁 언덕 위에 제비꽃 하나
> 물새 보고 방긋 웃는 제비꽃 하나
> 고운 얼굴 물속에 비추어 보며
> 한들한들 춤추는 제비꽃 하나

철없던 시절 들판을 헤매며 무심코 흥얼거리던 동요이다. 그때는 햇빛이며 대기가 어찌 그리 맑고 투명하던지, 제비꽃 한 송이는 또 어찌 그리 반갑던지……. 비밀이라도 간직한 듯한 그 신비스러운 보랏빛 때문이었을까, 아니면 아무도 보아주지 않아도 다소곳이 피어나는 그 모습이 안타까워서였을까?

제비꽃은 제비가 올 때쯤 핀다고 해서 붙은 제비꽃이란 이름 말고도 다른 이름이 참 많다. 이 꽃이 필 때쯤이면 양식이 떨어진 오랑

캐들이 매년 북쪽에서 쳐내려온다고 해서 붙여진 오랑캐꽃, 씨름 잘하는 장수를 닮아 장수꽃, 병아리를 닮아 병아리꽃, 토끼풀처럼 꽃대를 꿰어서 반지를 만들 수 있어 반지꽃, 그 외 근근초, 자화지정, 여의초 그리고 앉은뱅이꽃이라는 이름도 있다.

옛날, 종달새 한 마리가 온갖 고생 끝에 들판 가운데 둥지 하나를 틀었다. 그리고는 신이 나서 하늘로 날아올랐다. 그러면서 자랑자랑하는 것이다. "이것 봐라. 이것 봐라. 나도 집이 생겼어."

그때 옆에 있던 제비꽃은 종달새의 아득한 비상이 그렇게 멋지고 시원스러울 수가 없었다. "잘한다. 잘한다. 멋지다." 제비꽃은 아낌없는 박수를 보냈다. 신이 난 종달새는 더욱 날아오르고, 그것을 보려던 제비꽃은 자꾸만 뒷걸음질을 칠 수밖에 없었다. 그러다 그만 돌에 걸려 자빠지고 말았다. 그 때문에 제비꽃은 허리를 다쳤고, 결국 앉은뱅이가 되고 말았다. 제비꽃이 지금처럼 키가 작은 것은 그 때문이라고 한다.

제비꽃은 전 세계에 500여 종이 있지만 우리나라에는 3월 중순에 피는 둥근털제비꽃에서 6월 초순에 피는 장백제비꽃까지 시기와 지역에 따라 약 50여 종이 분포되어 있다. 이 꽃의 학명이 보라색을 뜻하는 바이올라(Viola)이듯 대부분 짙은 보라색이지만 그 밖에 노란 것, 흰 것, 연보라 등도 있다. 그 외 자주, 노랑, 흰색이 섞인 삼색제비꽃도 있는데 삼색제비꽃은 팬지(Pansy)라고도 한다. 개량된 이 꽃은 페튜니아와 함께 도시 화단에서도 흔히 볼 수 있다. 머잖아 삭막한 우리 부산의 도로 옆 화단이나 화분에서도 그 앙증맞고 예쁜 모습을 볼 수 있을 것이다.

나는 일찍 피는 제비꽃을 꾸짖고 있다.
예쁜 도둑이여, 네가 풍기는 그윽한 향기는
내 님의 숨결에서가 아니라면
대체 어디에서 훔쳐 왔다는 말인가?

셰익스피어의 소네트이다. 임의 숨결 같은 향기와 신비스러운 빛깔 때문이었을까? 중세 유럽에서는 한때 이 꽃이 대단한 붐을 이룬 적이 있었다. 가톨릭 교회에서는 보라색 제비꽃으로 목걸이를 만들어 성모 마리아의 제단을 장식했고, 사제들은 장례식 때 보라색 제의를 입었으며, 미망인은 자수정 패물을 달았는데, 그런 풍습은 지금도 마찬가지이다. 이 꽃을 그처럼 소중히 여기게 된 것은 예수가 매달렸던 십자가의 그림자가 이 꽃 위에 드리워졌기 때문이라고도 한다. 이 사랑스럽고 귀여운 꽃에도 대부분의 꽃 전설에서와 마찬가지로 슬픈 이야기가 전해지고 있다.

옛날 이아라는 아름다운 소녀가 있었다. 이아는 잘생긴 양치기 소년 아티스를 사랑했다. 그러나 이를 질투한 비너스는 큐피트로 하여금 두 대의 화살을 그들에게 쏘게 했다. 이아에게는 영원토록 사랑이 불붙는 황금 화살, 아티스에게는 사랑을 잊게 하는 납 화살을. 이아는 사랑의 화살을 맞자 아티스가 못 견디게 보고 싶어 밤낮없이 목장으로 갔으나 아티스는 쳐다보지도 않고 목장 안으로 사라졌다. 목장 밖에서 울며 애를 태우던 이아는 결국 비통한 나머지 지쳐서 죽고 말았다. 이것을 본 비너스가 안됐다고 생각하였던지 이아를 작고 가련한 꽃으로 만들어주었다. 그 꽃이 바로 제비꽃이다.

꽃은 아름다운데 꽃의 전설은 왜 하나같이 슬픈 얘기뿐인지 모르겠다. 아름다움과 슬픔은 본래 한통속이었던 것일까? 요즘 유행하는 말로 '웃프다'는 말이 있다. 우스우면서도 한편 슬프다는 뜻이다. 우리가 웃고 있다고 생각하는 꽃은 어쩌면 속으로 울고 있는, 슬픈 얼굴일지 모른다. 비감미(悲感美)라는 말도 있다. 예술 작품이나 소설, 영화 등에서 슬픔이 아름다움으로 승화하여 힐링으로 전이되는 감정의 흐름을 표현하는 말이다. 그래서 그런지 나도 예쁜 꽃을 보면, 특히 제비꽃을 보면 이유 없이 가슴이 아릿해진다. 봄의 시작에서 봄의 끝자락까지 봄과 함께 피는 꽃, 고향을 떠올릴 때마다 더욱 아련해지는 꽃. 고향을 떠나온 지 수수십 년, 어릴 적 휘젓고 다니던 제비꽃 피던 들녘은 지금은 흔적도 없이 사라졌다. 조선소가 들어서고 빌딩이 들어서고 아스팔트 넓은 길들이 생기고…… 제비꽃 향기 대신 조선소의 기름 냄새, 자동차의 매연, 온갖 소음이 그 자리를 메우고 있다.

　세월은 흐르고 세상은 변했어도 봄이면 변함없이 이 강산 들녘에 어리고 수줍고 청순한 모습으로 찾아오는 너, 제비꽃. 전해줄 대상도 없는 너를 한 움큼 꺾어들고 향기를 맡다가 보다가 또 향기를 맡아보고…… 저물면 "잘 가라." 미안한 마음을 담아 냇물에 띄워 보냈던 너. 머잖아 남풍이 불면 너를 만나러 들녘으로 나가리. 그리고 내 속의 소년을 불러내리…….

제4부

■

아이들에게 물들기

동심은 천심입니다. 어린이는 천사입니다. 이제부터 여러분은 천사를 만납니다.

5월은 푸르구나

아이들의 저 집중. 저 꾸밈없는 표정을 보세요. 어른들이 볼 때는 정말 단순하고 유치한 얘기겠지만 아이들에게는 온 영혼을 뒤흔드는 절대적 스토리인 것 같습니다. 저 아이들에겐 어른들의 기준인 지나친 과장이나 합리성의 부족 같은 것들은 전혀 문제가 되지 않습니다. 자신들의 순수한 상상 속에서 오직 몰입만 있을 뿐입니다.

몇 년 전 부산아동문학인협회 초읍어린이회관, 어린이날 부대행사의 하나인 인형극 〈개미와 베짱이〉. 무대는 작고 초라하지만 효과는 만점이었습니다. 저 표정들로 봐서는 아이들에게 평생 잊지 못할 추억 하나를 남겼지 싶습니다.

내 영혼의 세탁기

자유분방이란 이럴 때 쓰는 말 맞죠? 저 아이들 표정 좀 보세요. 포즈는 또 어떻구요. 어디로 튈지 모르는 럭비공 같잖아요. 바꾸어 말하면 무한한 가능성의 또 다른 모습이죠. 생각이 많거나 계산이 깔려 있는 삶을 살아온 사람한테서는 결코 나올 수 없는 천진난만, 바로 그 자체입니다. 우리들(어른들) 옛날 사진을 생각해보세요. 시선은 뚫어질 듯 카메라를 향하고 팔은 차렷 자세. 사진기 앞에만 서면 왜 그렇게 굳어지던지……. 지금도 어른들 단체사진을 보면 모두가 같은 자세, 같은 표정들이지요. 위 사진을 보세요. 카메라를 들이대도 아랑곳없는 저 버라이어티. 획일성이나 의도성이 전혀 개입되지 않은, 언제나 팔딱거리는 자유 영혼입니다. 지금부터 여러분은 위 사진의 아이들을 만나러 갑니다.

지혜와 수빈이 앞쪽은 못 말리는 개구쟁 귀염둥이 요녀석이 동시교실 제일 막내
이 이지훈, 뒤쪽이 성지혜 이수빈

원석의 가치 조금씩은 작은 상처와 고민을 안고 있는 아이들이지만 얼마나 밝은지.
손톱에 매니큐어를 곱게 한 시은이, 아주 사교적인 나연이, 하루도 빠짐없이 일찍 와
서 책을 읽는 나경이. 수줍음이 많은 서영이. 한사코 사진 찍을 때 얼굴을 가리는 진
현이. 모두들 가공하지 않은 원석들입니다. 얼만큼의 가치를 품고 있는지 아무도 모
릅니다. 아름다운 보석이 되고 안 되고는 우리 어른들과 사회의 몫입니다. 부디 깨어
지지 않고 상처받지 않은 채 온전한 보석이 되어주면 좋겠습니다.

5월은 푸르구나

별이 떨어집니다. 밤하늘 유성은 조금은 외로운 사람들이 보게 됩니다. 별이 떨어져 무엇이 될까요? 꽃? 보석? 흠, 흠, 아이들이 된답니다. 별에 영혼이 있다면 아마 아이들을 닮았겠죠. 아이들은 땅 위에 피어난 별 떨기입니다. 별이 피는 계절 5월입니다. 흔히 5월을 '계절의 여왕'이라 하지요. 비교할 수 없을 정도로 뛰어난, 여성성을 가진 우월적 존재를 우리는 '○○의 여왕'이라 부릅니다.

'찬란한 햇빛과 싱그러운 바람과 땅의 온기를 불러 모아 그대들에게 새들의 노래와 꽃의 미소와 녹색의 잔치를 선물하노라.' 5월은 계절의 여왕답게 아름다운 자연을 우리에게 하사하십니다. 여왕에게 경배.

이런 5월에게 다른 이름 하나를 붙인다면 5월은 '행사의 달'입니다. 벌 나비만 바쁜 게 아니고 사람도 바쁜 5월입니다. 근로자의 날, 어린이날, 어버이날, 유권자의 날, 스승의 날, 5·18기념일, 성년의 날, 석가탄신일도 5월입니다. 정신없는 행사로 가장의 허리는 좀 휠

201

지 몰라도 '어린이날'이 5월에 있어 참 좋습니다. 초목이 쑥쑥 자라
듯 어린이의 마음과 몸도 쑥쑥 자라는 5월이니 말입니다.

날아라 새들아 푸른 하늘을
달려라 냇물아 푸른 벌판을
5월은 푸르구나 우리들은 자란다
오늘은 어린이날 우리들 세상

우리가 자라면 나라의 일꾼
손잡고 나가자 서로 정답게
5월은 푸르구나 우리들은 자란다
오늘은 어린이날 우리들 세상

윤석중 선생님이 가사를 쓰시고 윤극영 선생님이 곡을 만드신
〈어린이날 노래〉입니다. '어린이'란 말을 처음 사용하신 분은 소파
방정환 선생님이십니다. 어린이날은 역시 방정환 선생님이 주축이
되어 설립한 '색동회'가 1923년 처음으로 제정하였습니다. 그러나
일제의 방해로 1938년 폐지되었다가 해방 이듬해(1946)에 다시 부활
했습니다. 그날이 첫째 일요일이었고 5월 5일이었습니다. 1975년에
5월 5일을 정식 공휴일로 지정, 오늘에 이릅니다. 사실 1년 중, 단
하루를 어린이날로 정해놓은 것이 좀 머쓱하기도 합니다. 아이의 눈
높이로, 아이의 마음을 헤아리는 그런 노력으로 365일이 어린이날
이어야 합니다.

동심은 천심입니다. 어린이는 천사입니다. 이제부터 여러분은 천

사를 만납니다.

"아빠, 이거."

다혜는
통지문을 쓱 내밉니다.

아이를 유치원에 보낸
소감을 적어 주세요.

'어린것을 혼자 보내고 나면
근심 반 기대 반입니다.'

아빠가 쓰시는 것
보고 있던 다혜
뾰로통해졌습니다.

"아빠는 내가 무슨 반인지도 모르네.
나는 '기대반'이 아니고 '기린반'이란 말이야."
"아이쿠,
아빠는 우리 다혜가 '기대반'인 줄 알았네."

『어린이 문예』에 실렸던 저의 졸작 동시 「아빠가 미안해」입니다.
아이의 오해가 이렇게 귀여울 수가 없습니다. 그 오해를 보듬어주는
아빠의 사랑은 또 어떻습니까? 아이는 집안의 태양이라고 했습니

다. 어떤 이유로 늘 조잘거리던 아이가 갑자기 사라졌다고 생각해보십시오. 그때 우리는 아이가 집안을 밝히는 태양이었다는 것을 느낄 것입니다. 우리 곁에 천사가 있어서, 태양이 있어서 우리는 웃습니다. 행복해지는 것입니다.

아동극을 어린이들에게 선사하여 잊지 못할 추억을 선물해주신 박진희 선생님께 감사 드립니다.

내 영혼의 세탁기
— 토요동시교실 이야기 1

　순호는 비로 물이 불어난 냇가에서 놀고 있었습니다. 이곳은 평소엔 물이 얕아 차도 건너다니는 곳입니다. 차를 가지고 냇물을 건너려던 아저씨가 불어난 탁한 냇물 탓에 깊이를 가늠할 수가 없어 옆에서 놀고 있던 순호에게 묻습니다.

　"꼬마야, 냇물 깊나?"

　"억수로 안 깊은데요."

　아저씨는 차를 몰고 냇물 안으로 들어갑니다. 그러나 얼마 들어가지 않아 차바퀴가 다 빠져버릴 것 같아 되돌아 나옵니다. 그리고 순호한테

　"이 녀석 어디서 거짓말하노, 쪼만 게."

　"거짓말 아닌데요, 아까 오리가 건너가는 거 보니까 오리 가슴밖에 안 오던데요."

　냇물까지 걸어왔던 오리가 물에서는 헤엄쳐 건넌다는 걸 아이는 미처 알지 못했습니다. 흥, 아저씨는 아무것도 모르면서……. 오리

도 건너간 내를 건널 줄도 모르면서 자기에게 화를 내는 아저씨가 영 마음에 들지 않았습니다.

어른들이 볼 때는 엉뚱할지 몰라도 아이들은 딱 그만큼, 자신이 알고 있는 만큼만 해석하고 말합니다. 해석이란 말도 어울리지 않지요. 직관, 즉 보이는 것에서 반사적일 만큼 단순 명료하게 튕겨져 나오는 생각, 그것을 반영한 말이 아이들 말입니다. 아이들 머릿속에 저장된 지식이나 기억은 많지 않습니다. 그러나 아이들은 상상력이란 무궁무진한 생각의 공간을 가지고 있습니다. 그 공간에서는 잠자리가 지구의 병을 고치는 의사 선생님이 되고 튀밥 할아버지가 빅뱅을 일으켜 우주를 만들기도 합니다. 모기 우주선을 타고 별나라로 가고 무지개의 눈물이 무당벌레가 된다고 한다면 어른들은 무슨 말인지 하겠지요. 계산과 합리성이 아닌 상상력에 의존한 해석을 하기 때문에 어른들이 보기엔 엉뚱한 말이나 답을 내놓습니다. 때로는 그 엉뚱함이 창조의 씨앗이 되기도 하지요. 어른들은 그런 엉뚱함을 자신의 기준에 맞지 않는다고 무시하거나 묵살하지 않아야 합니다. 그 생각의 싹이 움터서 사회를 밝히는 아름다운 꽃이 되고 이 세상을 지키는 아름드리나무가 될 수 있도록 우리는 햇빛과 바람과 물이 되어주어야 합니다.

기분 좋은 거짓말

동시 교실
첫 수업 날

선생님이
"내가 아저씨로 보여요, 할아버지로 보여요?"
하고 물으셨다.

할아버지처럼 보였지만
에이, 인심 썼다.
"아저씨로 보여요." 했더니
선생님이 억수로 좋아하셨다.

나도
선생님도
기분 좋은 거짓말

오늘 선암초등학교에서 '토요동시교실' 첫 수업을 했습니다. 선암초등학교는 부산시 동구 범천동 산복도로 위쪽에 위치한 전교 7학급인 작은 학교입니다. 학생 수가 줄어서 작은 학교지 운동장도 넓고 교사 건물도 큰, 옛날엔 학급 수도 많고 개교한 지도 50년이 훨씬 넘는 전통 있는 학교였답니다.

'토요동시교실'은 격주로 하던 '놀토'를 전주로 확대하면서 토요일을 좀 더 효율적으로 활용하기 위한 방안으로 부산남부교육지원청과 부산아동문학인협회의 MOU 체결로 이루어진 프로그램입니다. 아이들과의 수업은 처음이라 아이들보다 제가 더 설레는 시간이었습니다. 2학년에서 6학년까지 열 명의 아이들과 즐거운 시간을 보냈습니다.

참, 제가 아저씨로 보이느냐, 할아버지처럼 보이느냐 물어보니까 아저씨로 보인다가 세 사람, 할아버지로 보인다가 네 사람, 잘 모르 겠다가 세 사람(참고로 저는 60대입니다). 아직 아저씨로도 보인다니 참 기분 좋았습니다. 아저씨로 봐줘서 고맙다고, 나머지는 정직하게 말 해줘서 고맙다고 작은 선물을 줬습니다. 동시는 어려운 것이 아니라 는 걸 가르쳐주기 위해 이 상황을 가지고 아이들과 함께 동시 한 편 을 만들었습니다. 위의「기분 좋은 거짓말」은 그때 만든 동시입니다.

선암초등학교에서의 마지막 수업 날. 꽃과 나무를 만나러 운동장 으로 나왔습니다. 꽃과 나무 이름을 익히고 '아이엠 그라운드 나무 이름 대기' 게임도 했습니다. 첫날은 좀 서먹해하던 아이들이 이날 운동장으로 나오면서 서로 내 손을 잡고 가겠다고 다툴 때 아이들이 너무 고맙고 예뻤습니다.

아이들과 같이한 시간은 내 영혼의 세탁기를 돌리는 시간이었습 니다. 인간에게 있어 동심은 세월이 흐른다고, 나이가 든다고 없어 지는 것은 아니지 싶습니다. 동심은 인간의 본성이기 때문입니다. 다만 어쭙잖은 지식과 어지러운 욕망의 두껍이 덮고 있을 뿐입니다. 아이들 속에 들어가 그들과 같이 하다 보면 아이들의 맑고 깨끗한 영혼에 동화되어 내 영혼도 조금씩 맑아지는 것을 느낍니다. 아이들 의 조잘거림, 아이들의 웃음소리, 아이들의 노랫소리, 아이들의 엉 뚱한 질문들은 아주 품질 좋은 천연 세제가 되어 내 영혼을 헹구어 줍니다. 이 얘기를 계속 읽다 보면 여러분의 영혼도 저처럼 맑아질 것입니다.

지혜와 수빈이
― 토요동시교실 이야기 2

5월 ×일 금요일. 아침에 문자가 한 통 왔습니다.

물향기 선생님,
오늘 우리 학교 운동회 날이에요.
꼭 와주셔요

선암초등학교 성지혜에게서 온 문자였습니다. 이제 통화가 되나
봅니다. 선암초 '토요동시교실'이 끝난 후에도 지혜는 꾸준히 전화
도 하고 문자나 사진도 보내주고 하면서 저와 소식을 주고받았습니
다. 그러던 어느 날 '알'을 다 써버렸다고 10일간은 연락을 할 수 없
다고 하더군요. 다시 문자를 보낸 걸 보니 이제 '알'을 다시 받았나
봅니다. 지혜 덕분에 휴대폰 '청소년 요금제'라는 것도 알게 됐네요.

참, 물향기 선생님이 뭐냐구요?

첫 시간에 저를 소개할 때 칠판에 제 이름을 물 하(河) 향기 빈(檳)

209

이라고 소개하면서 "물에 향기가 있을까요, 없을까요?" 하고 물어보았습니다. 향기가 있다와 없다가 반반이었습니다. 둘 다 맞는 답입니다. 왜냐면 사람의 후각으로는 물향기를 맡을 수 없으니 없는 것이 맞습니다. 그러나 낙타는 몇 킬로미터 밖에서도 물향기를 맡고 오아시스를 찾아간다고 합니다. 그러니 물향기가 있는 것도 맞는 것이죠.

낙타에게 물향기는 어떤 의미일까요? 모든 것이 타들어가는 열사의 사막에서 물이 없다면? 바로 죽음이죠. 그때 물향기는 생명을 구해내는 희망입니다. 그래서 저도 물향기처럼 동시를 통해 어린이 여러분에게 희망을 줄 수 있으면 좋겠다고 했습니다. 그때부터 저는 아이들에게 '물향기' 선생님으로 통했습니다.

지혜의 문자를 받은 날이 하필 많이 바쁜 날이었습니다. '오늘 선생님이 너무 바빠서 가질지 모르겠구나.' 하는 답장을 보내놓고 나니 아이가 실망할 모습이 떠올라 일이 손에 잡히지 않더군요. 할 수 없이 잠깐 다녀오기로 했습니다. 아이들이 좋아하는 스티커와 부라보콘을 사 들고 학교로 갔습니다.

지혜네 가족은 엄마, 아빠, 언니 둘, 오빠 하나, 지혜가 막내입니다. 아빠는 멀리 돈 벌러 가시고 엄마는 유치원 선생님이랍니다. 식구가 많아도 지혜가 하교 후 집에 가면 아무도 없을 때가 많나 봐요. 그럴 때는 꼭 저에게 전화를 합니다. 아빠는 이번 일요일에도 안 왔다는 둥, 언니 오빠는 자기와 놀아주지 않는다는 둥. 미주알고주알 주변 얘기를 늘어놓습니다.

요즘 운동회는 다 그런가요? 만국기가 휘날리고 교문 앞에는 온갖 난전이 벌어지고 북소리 응원 소리가 지축을 흔드는 그런 운동회가 아니었습니다. 한마디로 너무 조용한 운동회였습니다. 큰 운동장에 아이들은 고작 5, 60명, 운동회 진행을 맡은 선생님은 단 두 분, 나무그늘 아래 10여 명의 학부모가 있을 뿐. 잔치 분위기의 왁자함은 찾아볼 수가 없습니다.

한 아이에게 4학년 성지혜 아니? 하고 물으니 1학년에서 4학년까지는 벌써 마치고 교실로 올라갔다 합니다. 많지도 않은 학생인데 그것도 저학년은 1부, 고학년은 2부. 이렇게 나누어서 하나 봅니다. 그때 동시교실 5, 6학년 아이들이 날 발견하고 달려옵니다. 참고로 이 학교는 1~5학년은 1학급씩이고 6학년만 2학급이랍니다. 학생 수도 저학년으로 오면서 적어지는데, 그러니까 해마다 입학생이 줄어든다는 얘기죠.

"성지혜가 운동회 한다고 문자 보내서 왔어. 아이스크림 지혜 한테 맡겨놓을 테니 나중에 지혜 만나서 같이 먹어라." 하고 4층에 있는 4학년 교실로 올라갔습니다. 교실 창 안을 기웃거리니 담임선생님이 나왔습니다. 자초지종을 들은 담임선생님은 지혜를 불러주면서 "지혜가 아주 착합니다. 마음이 넓어서 친구를 감싸주고 궂은 일도 챙겨서 하고." 등등 지혜 칭찬을 늘어놓습니다. 아이스크림도 받아서 옆 빈 교실 냉장고에 넣어주며 마치고 친구들과 나누어 먹으라고 친절하게 일러주기도 합니다. 지혜는 내 손을 꼭 잡으며 어쩔 줄 몰라 합니다. 담임선생님은 이제 마칠 때도 되었으니 지혜는 먼저 가도 된다고 했지만 내가 오래 지체할 여유가 없어 "지혜야, 선생님이 오늘 너무 바빠 가봐야 해. 다음에 꼭 또 보자." 지혜는 만나자마자 이별이냐는 표정이었지만 "예." 하고 순순히 인정해줘서 미안하고 고마웠습니다.

운동장으로 내려오니 마침 릴레이를 마지막으로 운동회가 끝나고 있었습니다. 아까 봤던 5, 6학년 아이들이 우르르 달려와 "선생님, 가지 마세요." 하며 붙잡습니다. 아이들과 많은 시간 같이 못 한 것이 못내 아쉽습니다.

수빈이도 가끔 전화를 했습니다. 2학년인 수빈이는 아직 어리고 숫되어서 그런지 전화를 해도 말수도 적은 편이고 말도 천천히 조용 조용 했습니다. 그러나 수빈이는 동시는 제일 열심히 쓰는 아이였습니다. 여기 수빈이가 숙제로 해온 동시 2편을 소개합니다.

친구

네가 웃을 때
난
기뻐

네가 슬플 때
난
눈물이 나와

친구야
너도
그래?

웃음꽃

하하하
호호호

왜 자꾸
웃느냐구요?

웃음도 꽃이라서
내 입이 고우라고.

정말 멋진 동시지요? 그런데 아무리 생각해도 2학년짜리가 쓴 작품으로는 너무 깔끔하고 어른스러워 살짝 의심이 가더라구요. 그렇지만 의심만 하는 것도 능사가 아니다 싶어 일단 넘어갔습니다. 그리고 수빈이는 이 시로 상도 하나 받았습니다. 그런데 아니나 다를까 알고 보니 이 작품들은 아동문학 원로 선생님이 오래전에 쓰신 작품을 통으로 베낀 것이었습니다. 나는 속으로 허허 헛웃음만 나왔습니다. 요녀석을 불러서 혼을 내주고 상도 무를까. 별 생각을 다 해봅니다만 한편으론 도대체 나도 모르는 이 시를 어떻게 알았을까? 2학년짜리가 이 시를 알고 있다는 사실이 대견해 내 마음은 약해지고……. 결국 아이 엄마에게 얘기해서 다음에 기회 보아 '남의 것 베끼는 것은 나쁜 것'이라고 일러주라고 부탁하는 것으로 마무리했습니다. 이 작품들을 진작에 알아보지 못한 내 과문함이 자꾸 부끄러워집니다.

원석의 가치
─ 토요동시교실 이야기 3

아빠를 딱 하루만
저한테 보내 주세요.

딱 하루니까……
어린이날!
아니…… 크리스마스
아니…… 4월 25일, 내 생일!

아니, 그냥 아무 때나
아빠를 데려다 주세요.

하나님, 딱 하루만
아빠를 보내 주세요.

— 김미혜, 「딱 하루만」

공기나 햇빛, 물 같은 것은 하나만 없어도 우리는 살지 못합니다.

그런데 이런 것들은 대부분 공짜입니다. 반면 없어도 살아가는데 전혀 지장이 없는 다이아몬드나 골동품 같은 것은 억수로 비쌉니다. 그러고 보면 하나님은 마음씨가 참 곱습니다. 가난한 사람도 살아가는데 어려움이 없도록 꼭 필요한 것은 공짜로 주시니까요. 만약 햇빛이나 공기, 물 등이 다이몬드만큼 비쌌다면 가난한 사람은 다 죽고 말았겠지요. 이 귀한 것들은 있는 듯 없는 듯 우리 곁에 있습니다. 어린이 여러분이 살아가는데 없어서는 안 될 귀한 것을 공짜로 받는 것이 또 한 가지 있답니다. 그것은 바로 부모님의 사랑입니다. 공기나 햇빛처럼 있는 듯 없는 듯 여러분의 곁에 있어서 여러분은 잘 느끼지 못하지요. 위 시의 주인공이 되어보면 부모님이 얼마나 소중한지 알 수 있지요.

수업 시간에 아이들에게 위 시를 읽어주고 숙제를 하나 냈답니다. 아버지에게 "아빠, 고맙습니다. 아빠, 사랑해요." 라는 문자 편지를 보내고 답장을 받아오면 선생님이 선물을 주겠다고.

다음 시간에 자연스레 아버지와 가족에 대한 얘기를 들을 수 있었습니다. 아울러 생각지 못한 사실들도 알게 되었습니다. 그것은 아버지가 부재인 아이들이 의외로 많다는 것입니다. 아빠가 중국에 계신다는 아이, 그냥 외국에 계신다는 아이, 배를 탄다는 아이, 어딘지는 모르고 멀리 돈 벌러 갔다는 아이도 있었습니다. 그나마 아빠가 돌아가셨다는 아이는 없어서 다행이라는 생각을 했습니다. 그런데 아빠에 대한 평가도 각양각색이었습니다. 날마다 술을 드시고 소리도 지르고 해서 아빠가 무섭다는 아이, 아빠는 자기를 억수로 좋아하는데 아빠한테서 냄새가 나서 자기는 싫다는 아이, 외출할 때는 꼭 엄마만 데려가고 자기는 집만 보라고 해서 싫다는 아이. 제가 생각하고 있는 아빠의 모습과는 사뭇 다른 모습들이 의외로 많은 것에, 내가 미루어 짐작하고 있는 것은 낭만이고 현실은 다르다는 것을 배우는 순간이었습니다.

선암초등학교는 범천동 산복도로 위쪽에 위치해 있어서 그런지 비교적 저소득층이 많은 학교입니다. 그래서인지 아이들이 누려야 하는 보편적 가정의 윤택도 누리지 못하는 경우가 많은 것 같았습니다. 그래도 대부분의 아이들이 아빠에게 문자 편지를 보내고 답장을 받았다고 자랑합니다. 어떤 아이 엄마는 어떤 분인지 저를 꼭 한 번 만나보고 싶다고 했답니다. 아마 이 일로 아빠와 아이의 사이가 더욱 돈독해졌나 봅니다.

엄마,
창밖은 너무 추워.

하늘나라엔
겨울이
없었으면 좋겠다.

밤도
없었으면 좋겠다.

술 취한 아저씨도
없었으면 좋겠다.

자동차는 진짜
없었으면 좋겠다.

엄마,
내가 비행사가 될 거라고 하니까
은우는 오늘부터
편지를 쓸 거래.

언젠가
내가 구름 위를 날면
은우 편지
전해 줄 게.

그때까지
엄마, 안녕.

— 졸시 「엄마, 안녕」

아이에게 엄마는 하나님과 같은 존재입니다. 먹을 것, 입을 것을
챙겨주고 가려우면 긁어주고 울면 달래주고 어떤 위험에 처해도 엄
마만 있으면 걱정 없는 무소불위의 존재이지요. 그런 아이에게 엄마
의 상실은 그냥 다 잃는 일이지요. 그럼에도 있어서는 안 될 이런 일
이 가끔 생기기도 하는 것이 현실입니다. 음주 운전이나 난폭 운전
은 한 가정에 말도 안 되는 불행을 가져다줍니다. 그래도 위의 주인
공처럼 밝고 씩씩하게 자라주었으면 좋겠습니다.

특별한 선물
— 토요동시교실 이야기 4

마늘종 뽑으면
뽀—옥
기적 소리가 난다.

엄마 마늘대
아가 마늘종
이별하는 소리다.

뽀—옥
뽀—옥
마늘밭은
슬픈 기차역

　시에는 시어 · 운율 · 이미지 · 비유 · 상징 · 반어 · 역설 · 환치 등의 여러 요소가 있지만, 이들 요소를 결합해 특별한 정서를 일으키도록 의미나 운율 등에 맞게 언어를 잘 선택하고, 잘 배열하고, 잘 구성해야 완성도가 높아집니다. 대상에 올린 하빈의 동시 「마늘밭」은 실제 체험해보지 않고서는 작품으로 옮기기 어려운 소재를 놓치지 않고 포착해 이를 앞의 여러 요소를 반영해 한 편의 시로 잘 빚어 낸 수작입니다.

시는 보태기가 아니라 빼기 작업이라는 말이 있는데, 하빈의 「마늘밭」은 꼭 할 말만, 꼭 필요한 낱말만 골라 잘 엮었습니다. 시는 문학 장르 중에서도 가장 언어를 중시하는 예술이고, 이 중에서도 동시(동심의 시)는 문학의 정수라고 하는 말을 공감하게 하는 작품입니다.

"얘들아, 이 시는 선생님이 쓴 「마늘밭」이란 신데 이 시가 '대한민국장애인문학상' 대상을 받았단다. 상금도 500만 원 받고 시상식 때 장관님도 오시고 신문에도 크게 났단다.

"우와, 우리 선생님 대단하시다."

"와, 진짜 근사하다."

"우와, 상금이 500만 원이래……."

"우와, 글자 한 자에 얼마야? 약 12만 원이네."

아이들은 저마다 한마디씩 합니다. 아이들의 반응에 저의 어깨가 으쓱해집니다.

"얘들아, 이 시가 왜 대상을 받았을까?"

"선생님이 잘 쓰셨으니까요."

"그런데 선생님, 마늘종이 뭐예요?"

"마늘대하고 마늘종이 왜 이별하나요?"

"마늘종을 뽑으면 왜 기적 소리가 나나요?"

219

아뿔싸! 뭔가 잘못됐구나. 사실은 위 심사평(부분)을 바탕으로 이 동시가 가지고 있는 시적 장치들에 대해 얘기를 좀 해볼까 했습니다. 그러나 그것은 저의 섣부른 생각이란 걸 깨달았습니다.

시상식 만찬에서 심사위원 선생님들의 후일담을 들어보면 세 분 선생님들 중 한 분은 시조를, 한 분은 시를, 또 한 분은 동시를 대상 후보로 올려서 주어진 시간을 한 시간이나 넘기며 격론을 벌인 끝에 유래에도 없는 동시 작품을 대상으로 결정했다고 합니다. 동시를 추천한 선생님은 「마늘밭」을 읽는 순간 무릎을 쳤다고 했습니다. 자신도 마늘종을 뽑아보았지만 그 경험을 이런 시로 승화시킬 줄은 상상도 못했다고…….

시는 작가와 독자의 공감대가 형성될 때 비로소 작품으로서의 존재 가치가 생기지 싶습니다. 심사위원께서 이 작품에 대상을 준 이유도 공히 마늘종을 뽑아본 경험, 그 공감대에서 상징과 비유 등이 남다르다고 생각했기 때문일 것입니다. 그런데 아이들은 이러한 공통된 경험이나 지식이 없기 때문에 왜 이 작품이 좋은지 알 수가 없죠. 어떤 선생님은 이 시를 읽고 교과서에 실려도 손색이 없을 좋은 작품이라 했습니다. 그러나 이 시는 어디까지나 동시입니다. 동시는 어린이가 주 독자라는 전제가 있죠. 어린이와 공유할 수 없는 경험을 바탕으로 하여 만들어진 동시라면 아무리 시적 아우라가 뛰어난 작품이라도 반쪽짜리가 되지 않을까 싶습니다. 그래서 동시 쓰시는 선생님들은 말하죠, 동시는 쓸수록 어렵다고. 나는 이 시를 가지고 아이들과 수업을 하려던 생각을 접었습니다.

어른들도 마늘종을 뽑아본 경험이 있는 사람은 많잖지 싶습니다.

마늘대 밖으로 올라온 마늘종을 힘주어 당기면 아래쪽 연한 부분이 잘려서 뽑혀 올라옵니다. 그 과정에서 마늘대 속은 진공 상태가 되고 마늘종이 마늘대를 벗어나는 순간 갑작스런 공기 이동에 의해 뽀옥 하는 소리가 납니다. 이때 나는 소리는 크기는 다르지만 기적 소리를 닮았습니다. 그러나 아이들은 이 기적 소리조차도 모를지 모릅니다. 기적 소리는 옛날 증기기관차에서나 나는 소리이니까요. 기차역 하면 만남보다는 이별을 연상시킵니다. 특히 찢어지게 가난했던 5, 60년대 굶주림을 견디지 못하여 사랑하는 자식을 입양 보내는 어머니도 기차역에서 단장의 이별을 하였습니다. 이런 메타포까지도 이 시는 가지고 있다고 아이들을 이해시킬 수는 없는 거지요. 사실이 시는 30줄 정도의 일반 시로 쓰여졌던 것을 20번 정도의 퇴고를 거쳐 동시로 완성시킨 작품입니다. 그 과정도 아이들에게 소개하려 하였으나 그것도 접었습니다. 비유니 환치니 퇴고 등을 지루하지 않게 가르치기에는 제가 아직 역부족이기 때문입니다.

점점 재미가 없었던지 한 아이가 저를 힐끔힐끔 보면서 책상 밑으로 자꾸 시선이 옮겨집니다. 가까이 가서 "너, 뭐 하니?" 하고 들여다보니 내가 나누어준 교재 뒷장에다 저의 모습을 그리고 있었습니다. 다른 아이들도 우르르 몰려와서 들여다봅니다. 삽시간에 수업 분위기는 깨어져버리고 말았습니다. 아이들이 지겨워하는 수업은 절대 하지 않는다는 나름대로의 원칙에 따라 수업은 그것으로 접었습니다.

"자, 그러면 10분을 줄 테니 그림 그리고 싶은 사람은 그려보세

요. 그리고 선생님한테 하고 싶은 얘기가 있으면 그것도 그림 속에
같이 써도 됩니다."

　모두 신나게 그림을 그리기 시작했습니다. 아이들은 그림그리기
를 좋아한다는 사실도 처음 알았습니다.

　　선생님, 우리를 재미있게 잘 가르쳐 주셔서 감사합니다. ─수
빈 올림
　　물향기 선생님은 늦게 시를 시작하셨지만 시를 아주 잘 쓰신
다. 어른이시지만 어린이의 마음처럼 고운 마음이 정말 좋다. 물
향기 선생님 감사합니다. ─진현 올림
　　물향기 선생님의 옆모습을 그리려 했는데 화난 모습 비슷하게

그려져서 죄송합니다.

　하빈 선생님, 사랑합니다. -희령 올림

　하빈 선생님은 시를 잘 쓰신다. 선생님은 늦게 시작을 하셨지만 아이들 마음으로 참 문학작품을 멋지게 만들어내신다. -나경 올림

　선생님, 나연이에요. 선생님을 존경합니다. 사랑해요. -나연 올림

　시은이가 생각하는 마음속의 선생님 어린 시절 모습.

　하빈 선생님, 가지 마세요, 부탁이에요. 제발요.

　아이들이 저마다 그림 속에다 써넣은 한마디씩은 내 마음을 찡하게 하였습니다. 이 그림들은 아이들이 내게 준 아주 소중하고 특별한 선물이지 싶습니다.

223

채송화 꽃밭을 떠나며
― 토요동시교실 이야기 5

마지막 수업을 마치고 헤어질 때는 정말 아쉬웠습니다.

"선생님, 가지 마세요."

"선생님, 언제 또 만나요?"

약간 울상인 아이도 있었습니다.

"언젠가는 다시 만날 수 있을거야. 이거, 나중에 읽어봐라."

소맷자락을 붙잡는 아이들에게 다음의 쪽지를 남기고 뭔가 뜨거운 것이 치밀어 오르는 가슴을 안고 교문을 빠져나왔습니다.

아이들에게서 참 많은 것을 배웠던 시간들이었습니다.

채송화 꽃밭을 떠나며

애들아, 시간이 너무 빨리 지나가버린 것 같구나. 그동안 선생님은 무척 즐거웠단다. 너희들도 즐거웠니?

선생님은 동시를 쓸 때 즐겁고 행복하단다. 너희들도 언젠가 선생님처럼 동시를 쓰면서 즐겁고 행복해졌으면 좋겠다.

동시는 억지로 쓰려 할 필요는 없어. 그 대신 너희들한테 한 가지 부탁이 있어. 그것은 책을 많이 읽는 일이야. 책을 많이 읽으면 나중에 무슨 일이든 잘할 수 있어. 그것은 선생님이 장담할 수 있어. 다만 너희들이 읽는 책 중에 동시도 있었으면 하는 것이 선생님의 바람이고 부탁이야. 선생님 부탁 들어줄 거지?

좋은 동시를 많이 읽다 보면 동시는 저절로 써진단다. '그래, 나도 동시를 써봐야지.' 하는 때가 틀림없이 올 거야. 동시는 그때 쓰면 되는 거야. 쓰면서 좀 더 잘 쓰고 싶다는 욕심이 생기면 그때는 인터넷에서 '동시 쓰기'를 검색하면 아주 많고 다양한 동시 쓰는 법을 만날 수 있을 거야.

수빈, 지혜, 나연, 시은, 서영, 진현, 나경, 지훈아!

너희들과 헤어지는 것이 너무나 아쉽구나. 선생님은 너희들 생각이 많이 날 거야. 너희들도 선생님 생각 가끔 해줄 거지?

엄마, 아빠 가족들과 행복하게, 더 행복하게 살았으면 좋겠다. 가족들에 대한 생각이나 느낌을 글로 많이 써보도록 해라. 좋은 일이든 나쁜 기억이든 다 써보는 거야. 그렇게 쓰다 보면 가족을 이해하고 더욱 사랑하게 된단다. 또 한편 그렇게 쓴 글들이 나중에 동시의 좋은 소재가 되기도 하지.

애들아, 너희들이 내어뿜는 향기로 선생님도 너희들을 닮아 꽃이 되어 돌아간단다.

애들아, 안녕!

물향기 선생님이

토요동시교실을 마치며

늦게 문학을 시작했다. 동시는 좀 더 늦게 시작했다. 동시를 쓸 때는 그렇게 행복할 수가 없었다. 비로소 내가 하고 싶은 일을 하며 사는 세상을 만난 것이다. 그 행복을 아이들에게도 나누어주고 싶다는 마음으로 '토요동시교실'에 임했다. 그러나 '토요동시교실'을 하며 내가 아이들에게 나누어준 행복보다 내가 받은 행복이 더 크고, 내가 가르쳐준 것보다 내가 배운 것이 더 많았다.

토요동시교실을 통해 만난 아이들은 여러 유해 환경 속에서도 천진하고 맑은 그들의 본질을 잃지 않고 있었다. 그렇지만 언제까지 이런 무구함을 지켜갈 수 있을까. 아이들이 사회의 혼탁 속에서도 맑은 영혼을 잃지 않고 성장할 수 있도록 하는 것은 어른들의 의무이다. 그중에서도 아이들을 위해 동시를 쓴다는 우리는 무엇을 할 수 있을까. 좋은 동시만 쓰면 된다? 아니다. 아무리 좋은 동시를 써도 그들이 읽지 않으면 아무런 소용이 없다. 읽고 쓸 환경을 만들어주어야 함은 두말할 나위가 없다. 아이들을 결 고운 나무로 성장시키는 자양분으로 동시만한 것이 없을 것이다. 하지만 화려하고 말초적인 유행가나 중독성이 강한 게임 또는 채팅 등 재미있고 자극적인 일들이 널려 있는 판에 과연 동시를 아이들의 관심 속에 접목시킬 수 있을까.

남부교육지원청의 주관으로 실시된 이번 토요동시교실은 그런 환경을 만들어주는 데 상당한 기여를 했다고 본다.

아이들과 같이한 지난 시간에서 깨달은 것은 궁극적으로 동시를 통한 정서 함양을 목적으로 하되 아이들에게 동시를 가르쳐줘야겠다고 하는 욕심은 내려놓아야 한다는 것이다. 즉 역설적인 방법론이 필요하다는 얘기다.

토요동시교실에 나온 아이들은 자청해서 나온 경우보다 선생님 또

아이들에게 글쓰기

는 부모님의 권유로 나온 경우가 더 많은 것 같았다. 더 솔직히 말하면 하루 더 생긴 노는 날을 학교도 학부모도 조금은 부담스러워 할 때 마침 '토요동시교실'이라는 프로그램이 있어(그것도 공짜니까) 소일거리 삼아 보내고 아이들도 그런 정도의 기대로 오는 것 같았다. 꼭 동시를 배워야지 하는 작정으로 오는 아이는 몇 명 되지 않았다. 이런 아이들에게 운율이 어떻고 은유가 어떻고 하는 얘기는 무용한 것이다.

사실 어쩌면 토요동시교실 자체가 아이들에겐 또 다른 스트레스일 수가 있다. 주 5일 수업의 주된 목적은 성장하는 아이들에게 뛰어놀 시간과 공부에서 해방되어 쉴 수 있는 시간을 마련해주고자 함일 것이다. 동시교실은 여가 선용이라는 측면에서 좋은 프로그램이라 생각한다. 하지만 여기서 최우선적으로 생각할 것은 주 5일 수업의 취지를 훼손해서는 안 된다는, 바꾸어 말하면 토요동시교실은 온전히 아이들의 시간이 되어야 한다는 사실이다. 그렇게 하기 위해서는 토요동시교실이 공부의 연장이라는 생각이 들게 하면 안 되는 것이다. 휴식하며 배우는 동시, 노는 듯 배우는 동시. 여기에 가르치는 자의 지혜가 필요한 것이다. 되도록 이론을 배제하고 동시를 가지고 아이들과 같이 노는 것이다. 동시를 읽는 것도 놀이같이, 쓰는 것도 놀이같이 하는 것이다. 가랑비에 옷 젖듯 은연중 스미게 하는 것이다. 다행히 아이들은 나와 같이 노는 것을 즐거워했다. 그렇게 아이들과 놀다 보니 시간은 너무 빨리 흘러갔다.

아이들이 이제 막 스스로 동시라는 동산으로 들어와 꽃은 왜 피는지, 풀잎은 바람과 무슨 얘기를 하는지 궁금증을 가지기 시작할 무렵 '토요동시교실'이 끝나버린 것이다.

행복한 느티나무

그날 느티나무는 행복했을 것이다. 맑고 고운 노래를 온 잎으로 온 가지로 온몸으로 느낄 수 있었을 테니까. 나뭇잎들도 팔랑팔랑 아이들 노래를 따라 불렀지 싶다. 노랫소리는 나비가 되고 새가 되고 구름이 되어 나뭇가지를 지나 푸른 하늘로, 운동장 건너 초록 들판으로 퍼져나갔다.

느티나무는 거창군 하남면 무릉리 하남초등학교 운동장 한편을 지키고 있는 수호목 같은 나무다. 그 나무 그늘 아래 한 무리의 사람들이 노래를 부르고 있었다. 노래를 부르는 사람들의 표정은 즐겁고 평화롭고 행복해 보였다.

전교생이 20명인 학교는 어떤 모습일까? 모두 한 가족 같겠지? 시골학교 아이들은 또 얼마나 순박할까. 그 아이들과 함께 동요를 부른다는 생각에 우리들은 들떠 있었고 부산에서 이곳까지의 세 시간이 전혀 지루하지 않았다. 우리들이라 함은 모두가 '동요사랑회' 회원인 부산아동문학인협회 전부회장이신 황미숙 선생님, 작곡가이신 김현수 선생님, 부산아동문학인협회 전사무국장이신 김춘남 선생님 그리고 나 이렇게 네 사람이다. 동요사랑회는 동요가 아이들, 어른, 우리 모두에게서 밀려나고 잊히는 현실이 안타까워 다시 동요가 우리 곁으로 올 때까지 동요의 맥을 놓지 말아야 한다는 생각을 가진 사람들의 모임이다. 노랫말을 짓고 곡을 붙여 해마다 신작 동요 30여 곡을 새로이 발표하고 음반도 만들어 보급하며 때로는 이번처럼 아이들을 찾아 새로 발표한 곡을 들려주기도 하고 같이 노래를 부르기도 한다.

우리가 자연 속의 아름다운 학교에 도착했을 때 운동장 한편에 크고 우람한 느티나무 한 그루가 있었고 그 아래서 아이들이 우리를 기다리고 있었다. 아이들은 멀리서 찾아준 선생님들을 환호와 박수와 호기심 가득한 눈으로 맞아주었다. 우리가 발표한 곡들을 소개도 하고 재미있는 얘기도 나누고 퍼즐 놀이도 하는 사이 우리는 금세 가까워졌다. 한편 아이들과 함께 부를 수 있는 곡을 골라 합창도 했다. 아이들은 음감이 좋아 몇 번만 들으면 거뜬히 따라 부른다.

눈망울 초롱초롱 아기참새들
대나무숲 학교로 등교합니다.
노란 멧새 선생님 목이 터져도
장난치고 떠들고 정신없어요.

선생님께 불려 나온 개구쟁이들
탱자나무 가지에 줄줄이 앉아
쓱싹쓱싹 부리로 반성문 쓰네

229

내가 작사한 〈반성문 쓰는 참새〉. 이 곡도 경쾌하고 발랄하여 아이들이 좋아하는 곡 중 하나다.

야외에서, 느티나무 그늘 아래서 부르는 노래는 교실에서와는 또 다른 느낌이다. 주위를 둘러싼 자연이 청중이고 우리는 자랑스러운 출연자들이다. 답답한 교실보다는 탁 트인 공간이 주는 해방감과 맑은 공기, 푸른 하늘, 살랑이는 바람, 그리고 해맑은 아이들의 눈동자와 목소리. 마치 한 편의 동화 같은 시간들이 흘러가고 있었다. 살아 있는 것이, 건강하여 여기까지 올 수 있는 것이, 아동문학을 하게 된 것이 무한히 고마운 순간이었다.

얼마 전에 의미 있는 TV 프로그램이 있었다. Mnet에서 방송된 〈위키드(Wekid)〉라는 프로그램이었는데 모처럼 동요 프로그램이어서 무척 반가웠다. 거기 출연한 제주 소년 오연준은 〈바람의 빛깔〉(디즈니 애니메이션 〈포카혼타스〉의 OST)을 불러 많은 이들의 심금을 울려 지금 인터넷 스타가 되었다. 여러분도 〈바람의 빛깔〉이나 '오연준' 또는 '위키드'로 검색하면 이 노래를 만날 수 있다. 그 외 〈천 개의 바람이 되어〉나 〈마법의 성〉 등 주옥 같은 곡들도 만날 수 있다. 그러나 모처럼의 동요 프로그램이 너무 짧고 단발성(모두 7회)이라 아쉬웠다. 앞으로 동요를 들을 수 있는 프로그램들이 많이많이 생겼으면 좋겠다.

동요를 부르는 아이들은 자연을 닮았다. 한마디로 싱그럽다. 지금 나무 아래 둘러앉아 노래를 부르는 모두의 모습은 그냥 한 폭의 풍경이다. 아이도 어른도 나무도 노래도 푸른 풍경이다. 그렇게 즐기는 사이 어느덧 우리는 친구, 하나, 가족. 그런 느낌이었다.

꼴찌를 위하여

지금도 달리고 있지
하지만 꼴찌인 것을~
그래도 내가 가는 이 길은
가야 되겠지

일등을 하는 것보다
꼴찌가 더욱 힘들다~
바쁘게 달려가는 친구들아
손 잡고 같이 가보자

보고픈 책들을 실컷 보고 밤하늘의 별님도 보고
이 산 저 들판 거닐면서 내 꿈도 지키고 싶다

어설픈 일등보다는 자랑스런 꼴찌가 좋다~
가는 길 포기하지 않는다면
꼴찌도 괜찮은 거야

보고픈 책들은 실컷 보고 밤하늘의 별님도 보고
이 산 저 들판 거닐면서 내 꿈도 지키고 싶다
어설픈 일등보다는 자랑스런 꼴찌가 좋다~
가는 길 포기하지 않는다면
꼴찌도 괜찮은 거야

"초등학교 3학년 때, 전국 스케이트 대회에 나갔습니다. 500미터 결승에서 여덟 명이 함께 달렸는데 어떡하다가 제가 1등으로 달리게 되었습니다. 어린 마음에 너무 흥분해서 결승 20미터쯤을 남겨 놓고 넘어지고 말았습니다. 그때 선생님이 제 이름을 부르며 빨리 일어나 끝까지 달리라는 것입니다. 일어나긴 했지만 뒤에 오던 일곱 명은 순식간에 지나가고 나는 울먹이며 골인 지점까지 갔어요. 그때 선생님은 제 등을 두드리며 '너는 꼴찌를 한 것이 아니고 8등을 한 거란다.' 이렇게 말씀하셨어요. 그때는 무슨 말씀인지 몰랐는데 제가 이 길을 지금도 묵묵히 걸어가고 있는 걸 보면 그 선생님 말씀 때문이 아닌가 싶어요. 꼴찌도 괜찮다고 말씀하신 선생님께 이 노래를 바칩니다." 작곡가 겸 가수인 한돌은 이 노래를 만들어 발표할 때 이렇게 말했다.

일등은 딱 한 사람이다. 딱 한 사람뿐인 일등을 하기 위해 모두가 달린다. 자칫 일등이 아닌 모두는 일등을 위한 들러리가 되기 싶다. 그리고 좌절에 빠지기도 한다. 꼴찌는 그 좌절감의 정점에 있다. 우열을 따져 등수를 매기는 일은 결코 아이들이 원하는 것이 아니다. 어른들의 욕심이 아이들을 줄 세우고 경쟁 속에 몰아넣고 있는 것이다. 경쟁에서 벗어나 책도 읽고 별도 보고 산과 들을 거닐며 꿈도 키우고, 그렇게 손잡고 가자고 아이들은 노래하고 있다. 지금 이 노래를 부르는 아이들은 노래의 내용처럼 모두가 손 잡고 간다. 그것이 느껴진다. 멜로디만 쫓아가는 노래가 아니고 진정성을 노래하고 있기 때문이다.

노래를 하면서 서로의 문이 열리고 열린 문으로 서로 만나 하나가 되는 것. 그것이 노래의 힘이다. 혹 이 노래를 알지 못하는 분은 인터넷 검색해서 한번 들어보시라. 멜로디도 가사에 썩 잘 어울려 짜릿한 감동을 느낄 수 있다.

요즘 아이들은 동요를 잘 부르지 않는다. 동요보다는 소위 '아이돌'이 부르는 K팝에 심취한다. K팝을 좋아하는 것을 나쁘다거나 나무랄 일은 아니지만 말초적이고 상업적인 성향에 너무 빨리 물들까 해서다. 아이들은 아이답게 그들의 정서에 맞는 노래를 불러야 하고 그것은 동요이다. 그런데 입시에 매몰된 사회 환경과 교육 형태에 밀려 동요에 대한 관심은 점차 멀어지는 것 같다. 옛날엔 방송국마다 여러 가지 동요 프로그램과 창작 동요제 같은 것도 있어 동요 보급에 일익을 담당했으나 지금은 스폰서가 없다는 이유로 거의 외면당하고 있다.

아이들의 맑은 영혼을 지켜주고 싶다. 보기만 해도 힐링이 되는 저 맑은 눈동자, 변성기가 오기 전의 저 카랑카랑한 목소리. 언젠가는 저 눈동자도 저 목소리도 세월 따라 어쩔 수 없이 두껍이 쌓여가겠지만 오랫동안 맑은 영혼으로 살았으면 좋겠다. 나이 들고 돌아보면 그때가 제일 행복한 때니까.

오늘 아이들을 만나 동요를 부르며 교감한 것이 아이들의 기억

234

속에 좋은 추억으로 남았으면 좋겠다. 돌아오는 길, 머릿속으로 감동, 행복, 보람, 자부심 등의 낱말들이 스쳐 지나간다.

친구 아들인 진우는 세 살배기, 아버지와 함께 TV를 보는데 화면에 광고가 나옵니다. 화면 속에는 촛불이 꺼질 듯 말 듯 바람에 흔들립니다. 진우, 화면 앞으로 가더니 촛불에다 대고 후— 후— 하고 입바람을 붑니다. 그래도 촛불이 꺼지지 않자 실망한 표정입니다.

그다음엔 사과가 화면 중앙에 있다가 핑그르르 화면 아래로 내려가고 그 자리엔 광고 카피가 뜹니다. 진우는 TV 밑에서 뭔가 열심히 찾습니다. 그러다 아빠를 향해 "아빠, 사과 없다."

그 소리를 들은 친구, 어이없어하며 "그 자식 머리 되게 안 돌아가네."

그러자 진우, 머리를 좌우로 흔들며 "아빠, 머리 잘 돌아간다."

내 젊은 시절, 친구 집을 방문했을 때 있었던 일입니다. 그날 머리 되게 안 돌아간다던 친구 아들은 KAIST를 졸업하였습니다.

아이는 TV 화면이라는 트릭을 알지 못합니다. 꺼질 듯한 촛불은 불면 꺼져야 하는 촛불이고 화면 아래로 굴러내려간 사과는 탁자 아래에 있어야 하는 겁니다. 그날 아이 아빠는 핀잔을 주었지만 트릭을 모르는 아이의 행동은 얼마나 천진난만합니까. 사물에 대한 적극적 관심과 능동적 행동은 또 얼마나 대견합니까. 트릭과 거짓을 모르는 아이의 순수 영혼, 그것은 바로 천심입니다. 조물주가 부여한 인간의 본질인 것입니다. 살면서 두겁이 쌓이겠지만 언제든 그 두겁을 걷어내면 아이의 마음으로 돌아갈 수 있는 것이 사람입니다.

너는 씨앗이다. 작고 여린 네 존재는 언젠가 세상에서 유일무이한 의미가 될 것이다

너는 희고 흰 눈이다. 맑고 깨끗한 너의 미소는 누구도 흉내낼 수조차 없는 순수요 가능성이다.

너는 소금이다. 소중하고 매끄러운 네 손길은 언제 어디서나 중요한 가치이다

너는 빛이다. 밝고 아름다운 네 눈빛은 어둡고 탁한 세상을 빛낼 한 줄기 희망이다

너는 세상이다. 보드랍고 작디작은 너의 두뇌는 폐허 속에서도 무엇이든 가능케 할 결정체이다

너는 사랑이다. 사소한 어떤 것에도 들려오는 너의 웃음소리는 누구에게 건 기쁨과 행복감을 주는 음악이다

너는 산소이다. 존재함 그대로 소중한 너는 그 존재 자체를 부정할 상상조차 할 수 없는 삶 자체이다

방정환 선생님의 「어린이 예찬」 입니다. 대기도 그렇고 사람살이도 그렇고, 갈수록 숨 쉬고 사는 일이 만만찮은 세상에 그나마 숨통

을 틔우게 하는 것은 아이이지 싶습니다. 아이는 세상의 숨통을 틔우는 산소 같은 존재입니다. 웃고 뛰노는 아이는 세상의 빛입니다. 아이의 미소는 세상을 정화시키는 세정제입니다. 잠자는 아이를 보면서 세상에 천사가 있다면 이런 모습일 거라고 생각해보지 않으셨나요?

나는 길을 가다가도 어린이를 보면 멈추어 섭니다. 바라보는 것만으로도 즐겁고 마음이 따뜻해지기 때문입니다. 어쩌면 내 속의 본질인 아이의 속성이 아이를 만나 동류 의식이 생겨서이지 싶습니다. 얼마 전 주남저수지 둑길을 걸을 때 일입니다. 다섯 살쯤 되어 보이는 여자아이가 둑 가장자리의 억새를 가리키며 "엄마, 저게 뭐야?" 젊은 엄마는 갈대와 억새가 헷갈리는지 잠시 머뭇거립니다. "꼬마 아가씨, 참새 알아요?" 하고 내가 묻자 "예, 알아요." "저건 참새처럼 새 자가 들어가는 억새란다. 아마 아무도 보지 않는 밤에 하얀 꼬리를 흔들며 하늘로 날아갈걸." 아이는 또 엄마에게 묻습니다. "엄마, 왜 입술을 빨갛게 칠했어?" 엄마는 아까보다 더 당황해합니다. "꼬마 아가씨, 할아버지 잠깐 볼까요?" 나는 아이를 옆으로 데려가 "너 혹시 앵두 아니?" "예, 먹어봤어요." "앵두가 빨갛게 참 예쁘지?" "예." "엄마는 앵두처럼 예뻐지려고 빨갛게 칠한 거야. 쉿! 이건 비밀이야, 알았지?" 아이도 나처럼 손가락을 입에다 갖다 댑니다. 나는 아이를 엄마에게 데려다주며 "아이가 호기심이 많은 걸 보니 장차 훌륭한 숙녀가 되겠어요." 엄마는 얼굴이 환해졌습니다.

아내는 그럽니다. 아이가 아무리 좋아도 남의 아이는 절대로 쓰다듬거나 안거나 하지는 말라고. 싫어하는 엄마도 있다고. 아마 싫어하는 것이 아니고 경계하는 것이겠죠. 세상이 많이 변했습니다. 옛날엔 아이를 좋아해주면 아이 엄마는 흐뭇한 표정으로 바라보거나 고마운 목례를 하기도 하는데 지금은 생각조차 하기 싫은 일부의 불순한 사람들 때문에 따뜻한 마음조차 나눌 수 없는 세상이 되어버리고 말았습니다.

호수 안쪽 먼 곳까지 갔다가 돌아오는 길, 할아버지 하고 부르는 소리에 돌아보니 아까 그 꼬마가 솜사탕 매대 앞에서 나를 보고 손을 흔들며 활짝 웃고 있었습니다. 나와 아내도 손을 흔들어주었습니다.

아이는 집안의 태양입니다. 태양이 어두워지면 그 집안은 바로 불행하다 할 것입니다. 우리한테 덮어씌워진 두겁을 벗고 천심으로 돌아가 아이들이 행복한 세상을 만들었으면 좋겠습니다.

꿈을 그리는 아이들

첫 동시집 『수업 끝』을 엮으며 삽화는 아이들 그림을 넣기로 했다. 아이들 눈높이의 작품들이니 아이들 그림이 안성맞춤이다. 결과는 참 만족스럽고 반응도 정말 좋았다.

"선생님, 오늘 정말 재밌었어요." "언제 또 오세요?" "다음에 또 와주세요." 강의가 끝나고 우르르 내 곁으로 몰려온 아이들이 기대에 찬 똘망똘망한 눈동자로 올려다본다. 동시 강의를 다니면서 이때가 제일 행복한 때다. 학교나 지역 아동센터 등에 초청되어 강의를 다니지만 그중에 내가 자청해서 강의를 간 경우가 딱 한 번 있었는데 내 동시집에 삽화를 그려준 아이들이 있는 미술학원이었다.

아이들에게 나눠줄 동시집과 문화상품권을 가지고 들어서자마자 와! 하고 반겨주는 아이들 표정은 돋을볕에 빛나는 신록 같았다. 내하모니카 연주에 맞춰 동요도 부르고 동시 속 숨겨진 과학 찾기도 하고 내가 만든 퍼즐 맞추기도 하며 즐거운 시간을 보냈다. 나도 훌륭한 그림을 그려준 아이들이 고마웠지만 아이들은 아이들대로 자기 삽화 작품이 당당히 동시집에 실렸으니 얼마나 자랑스럽겠는가. 한 시간이 순식간에 흘러버리고 헤어질 시간이 되었다. 아쉬운 작별을 고하고 교실 문을 열고 나오니 이게 웬일. 한 무리의 어머니들이 모여 있다. 안에 있는 아이들 엄마들이란다. 특별한 동시 강의에 대한 호기심에 밖에서 청강을 했단다. 들어오시지 왜 밖에 있었냐니까 방해가 될까 봐 그랬단다. 지금 시간이 저녁 지을 시간대인데 이렇게 모여 있는 걸 보고 아이들 교육에 열성적이라 해야 할지 극성스럽다 해야 할지. 어쨌거나 나로서는 지대한 관심에 그저 고마울 뿐.

아이들이 삽화를 그리는 과정은 이랬다. 동시집에 실을 작품들을 주면 아이들이 자기가 원하는 작품을 골라 그림을 그리는 식이었다. 몇 번 오가는 과정에서 만난 그림 선생님과 아이들은 참으로 친절하고 반듯하고 진지했다. "선생님, 아이들 품성이 참 좋아 보여요." "네, 저는 그림도 그림이지만 아이들 품행부터 가르칩니다. 그래야 그림도 제대로 그릴 수 있다는 것이 저의 철학입니다." 그림 그리는 기교만 가르치는 것이 아니고 인간성의 완성이 미술의 기초라는 선생님의 교육 철학이 너무 훌륭해 보이고 나에겐 새로운 발견이었다. 그래서 그런지 아이들의 그림도 예사롭지 않아 보였다. 메시지가 뚜렷하고 깊은 사고와 미래의 꿈이 담겨 있어 보였다.

아이들 덕택에 아주 근사한 동시집이 만들어졌다. 아이들 그림은 그림 자체로도 훌륭하지만 그들 나름대로의 상상력과 새로운 해석도 가미되어 있었다. 같은 선생님 아래서 그림을 배우면 그림풍이 다 비슷한 게 보통인데 이곳 아이들 그림은 하나같이 개개인의 개성이 뚜렷해 보였다.

요즘 아이들은 다 이렇게 훌륭한 그림을 그려내는가? 아주 경탄을 금치 못했다. 나중에 들은 얘기지만 선생님과 아이들은 수차례에 걸쳐 동시를 읽고 감상하고 토론하며 작품에 대한 이해력을 높인 후에 그림을 그렸다고 한다. 이런 인연으로 이 곳 아이들은 내가 속해 있는 시낭송회에 초대되어 내 동시를 낭송하는 시간도 가졌다..

그림의 기능은 예술의 한 분야로서 인간 감성에 호소하고 정서에 이바지하기도 하지만 발전적 의미로서의 기능을 하기도 한다. 그것은 소통의 기능이다. 좋은 부모가 되려면 아이의 마음을 읽을 줄 알아야 한다. 아이는 말로 감정을 표현하는 것이 서툴러 말 대신 다른 수단을 통해 표현하는 경우가 많다. 그림은 아이의 마음을 자연스럽게 겉으로 드러내는 역할을 한다. 부모는 그림이라는 아이가 만든 시각적인 이야기를 통해서 아이의 마음을 헤아리고 또 소통의 길을 모색한다. 아이 또한 자신의 생각을 표현하면서 감정이 정화되는 효과를 얻을 수 있다.

요즘 우리 사회는 아이들이 더 스트레스를 받고 마음의 상처를 입는 환경 속에 놓여 있다. 아이가 그린 그림은 현재 아이의 생각과 감정을 이해하는 중요한 수단이 되며, 아이는 아이대로 심리, 상처, 불안, 스트레스 등의 감정을 표출함으로써 마음의 안정을 찾을 수 있다. 이렇게 그림을 통해 말로 할 수 없는 얘기까지 소통시킬 수 있는 것이 그림의 또 다른 기능이지 싶다. 그런데 그간 이곳에서 보아온 아이들의 그림은 또 다른 얘기를 내게 들려주는 것 같다. 어떤 아이들은 실크로드에 관한 그림을 그렸고 또 어떤 아이는 우주와 우주인에 관한 그림을, 또 다른 아이는 아프리카 현실에 대한 그림을 그렸다. 다시 말해 아이들은 그들의 그림에 자신의 의지와 철학과 미래에 대한 생각을 담고 있었다. 바꾸어 말해 아이들은 그들의 꿈을 그리고 있었던 것이다.

아이들 마음에 물들기

아침에 등교하면 갈매기가
"끼룩끼룩 잘 잤니?"
파도가
"차르르 찰싹 밥은 먹었니?"
인사를 건네는 학교.

정문을 나서면 바다가 와르르 와 안기고 운동장을 둘러싼 화단에는 철 따라 꽃들이 다투어 뽐내고 뒤뜰 텃밭에는 아이들이 키우는 채소와 곡물들이 아이들 마음처럼 영글어가는 학교. 교정과 복도, 교실 등 눈 닿는 어디에나 아름다운 시와 그림을 만날 수 있는 학교. 전교생 70명 모두가 바이올린을 배우고 시를 짓는 학교.

그런 학교인 '꼬마시인학교'가 벌써 네 번째 시집을 내었습니다. 이 시집들로 꼬마시인학교인 대변초등학교는 전국적으로 유명한 학교가 되었습니다.

대변초등학교가 있는 대변항은 멸치와 미역으로 유명한 기장군에 속해 있는 작은 어항입니다. 대부분 아이들 부모님은 멸치를 잡고 미역을 따고 그것들을 판매하거나 식당을 운영하며 열심히 사시는 분들이죠. 이곳 아이들은 바쁘게 사시는 부모님 때문에 여느 도시 아이들처럼 부모님의 전폭적인 보살핌을 받지 못합니다. 이런 환경 탓에 메말랐던 아이들의 정서가 동시를 쓰고 바이올린을 배우며 몰라보게 좋아졌습니다.

요즘 아이들은 아이답지 않은 세상을 살아가고 있습니다. 동요 대신 가요를 부르고 국어보다 영어를 먼저 배우고 맞춤법도 익히기 전 은어부터 배웁니다. 시와 동화를 읽을 시간에 학원을 가고 뛰놀아야 할 시간에 게임을 합니다. 동화를 읽고 감동받기보다는 연예 기사를 줄줄 꿰고 사춘기도 오기 전에 야동에 노출되기도 합니다. 어린이가 어린이답지 않은 세상을 사는 것은 불행한 일이지요. 삭막하고 거친 바람은 자꾸 아이들을 넘봅니다. 그 바람을 막아줄 작은 노력이 '꼬마시인학교'를 가꾸는 일인지 모릅니다.

동심은 순백입니다. 그 순백을 유해한 것들로 더럽힌다면 슬픈 일이지요. 아이들에게도 슬픔과 상처가 있다는 것을 어른들은 잘 모릅니다. 그러한 슬픔과 상처는 무엇으로 어루만지고 치유할 수 있을까요? 그 순백한 본심을 일깨워 시로 승화시킬 수만 있다면 참 좋겠다는 생각입니다. 부산아동문학인협회 소속인 저를 포함 세 분의 선생님은 아이들과 함께 보물찾기를 하듯 숨겨진 시심(詩心) 찾기 놀이를 합니다.

아이들의 시는 그 순백 위에 글로써 그려놓은 수채화입니다. 솔직하고 담백하게 아기자기 그려놓은 마음그림이지요. 세상에서 제일 아름답고 감동적인 그림입니다. 이 시집 속에는 아이들의 일상과 생각들이 파노라마처럼 펼쳐집니다. 아마 이 시집을 읽으며 미소 짓지 않는 사람은 없을 겁니다. 조금은 서툴고 다소 어이없는 표현들도 있지만 솔직하고 깜찍한 아이들의 속내를 접할 수 있기 때문입니다. 부디 세상의 모든 분들이 아이들의 시를 읽으며 그들의 무지갯빛 마음에 물들었으면 좋겠습니다.

　책 속에 실려 있는 작품 한 편 소개합니다. 대변항의 정경이 눈에 선해 질 것입니다.

　　　끼이룩 끼이룩
　　　갈매기 합창단
　　　노래합니다.

　　　바다 가운데
　　　빨간 등대
　　　지휘자처럼 서 있습니다.

　　　멸치잡이 배
　　　맞이하는
　　　갈매기 합창단

　　　끼이룩 끼룩
　　　대변 바다 위를 날며
　　　힘차게 노래합니다.

　　　　　　　　　　　　—3학년 김채은, 「갈매기 합창단」

마음 빛 파노라마

저 사람 좀 보세요. 입꼬리가 올라갑니다. 기분 좋은 일이 있나 봐요. 이번에는 눈꼬리가 처지네요. 뭐 슬픈 일이 있는 걸까요? 어, 이번에는 눈이 동그래졌습니다. 놀랍다는 표정입니다. "와! 어떻게 이런 생각을." 감탄사도 연발합니다. "오호라, 요것 봐라." 신통한 일도 있나 봅니다. 아하! 꼬마시인학교 동시집을 읽고 있군요.

아이들이 쓴 동시집에는 다양한 이야기가 있습니다. 아이들은 시를 쓸 때 폼을 잡거나 잘난 체하지 않습니다. 완성도는 떨어져도 '솔직담백'이라는 제일 큰 장점을 가지고 있어 독자에게 감동을 줍니다.

자! 그러면 대변초 아이들의 오색빛 마음을 들여다보러 갑니다.

촌스런 우리 엄마

예쁜 엄마도 많고
멋쟁이 엄마도 많은데
우리 엄마는 촌스럽다.

247

화장도 예쁘게 못 하고
옷 입는 것도 촌스럽다.

친구가
"그라몬 우리 엄마하고 바꿀래?" 하면

나는
절대 안 바꾼다.

— 대변초 6학년 윤영훈,

꼬마시인학교 세 번째 시집 『빨간등대 지휘자』 중에서

영훈이네는 아마 가난했지 싶습니다. 그래서 엄마는 시장통에서 장사를 했을지 모릅니다. 허름한 블라우스에 일바지 차림으로 쉴새없이 일을 했을 겁니다. 멋진 차림으로 학교를 찾아오는 다른 엄마와 비교되어 엄마가 부끄러웠을지 모릅니다.

언젠가 영훈이는 나와 대화 중에 "우리 엄마는 예쁜 옷도 입을 줄 모르고 화장도 할 줄 모른다."는 얘기를 했습니다. 그런 얘기를 솔직하게 담아내면 좋은 동시가 될 수 있으니 한번 써보라고 했는데 이런 훌륭한 동시가 탄생했습니다. 아마 이 시를 쓰기까지는 상당한 마음의 갈등을 느꼈지 싶습니다. 자신이 부끄러워하는 면을 남 앞에 드러내기란 쉽지 않기 때문입니다. 엄마에 대한 미안함과 고마움이 시 속에 녹아 있습니다. 이런 솔직한 시는 독자에게 잔잔한 감동을 주기도 합니다.

공룡마을

공룡들이 사냥하러 갔습니다.
나는 하늘에서 지켜보고 있었습니다.

브라키오사우르스의 할아버지 공룡이
하늘의 왕입니다.

힘든 일 있을 때는
공룡 할아버지가 지켜 주십니다.

내가 바로
하늘의 왕입니다.

— 대변초 1학년 공경민,
꼬마시인학교 두 번째 시집 『하얀 꽃밥』 중에서

1학년다운 엉뚱함에 미소가 절로 지어집니다. 할아버지 공룡이 하늘의 왕이랬다가 느닷없이 이번에는 자기가 하늘의 왕이라니 요령부득입니다. 어쨌거나 무엇이든 해결하는 전지전능한 존재가 되겠다니 꿈이 야무집니다.

아이들은 공룡을 참 좋아합니다. 나이가 어릴수록 더 좋아하는 것 같아요. 우리말을 겨우 깨친 아이가 그 어려운 공룡 이름과 특징들을 줄줄이 읊을 때는 참 신통합니다. 아이들은 왜 공룡을 좋아할까요. 크고 힘도 세고 생김새도 재미있게 다양하게 생겨서 아마 동경의 대상이 되었을 겁니다.

크고 힘센 공룡들을 지켜주는 왕이니 얼마나 대단한 존재입니까. 자신이 바로 그 왕이랍니다. 이런 엉뚱함이 이 시의 묘미입니다. 아이들은 저학년일수록 엉뚱합니다. 아직 어리기 때문에 공룡의 왕도 하늘의 왕도 될 수 있습니다. 그런데 나이 먹을수록 뭐가 될 수 있는 가능성은 점점 줄어듭니다. 왕에서 장군으로 배트맨에서 소방대원 쯤으로 점차 상상력은 줄어들고 현실적이 되어갑니다. 무엇이든 될 수 있는 경민이 홧팅!

난쟁이가 된 봄과 가을

여름은 남편
겨울은 부인

그래서 봄이 태어났다.
그리고 동생 가을도 태어났다.

그런데 봄과 가을의 키가
자꾸 줄어든다.

환경오염이라는
나쁜 음식을 먹어서

— 대변초 6학년 이성현,
꼬마시인학교 세 번째 시집 『빨간 등대 지휘자』 중에서

제목부터 심상치 않습니다. 봄과 가을이 난쟁이가 되었다니 뭔가

250

있을 것 같지 않습니까? 시에서 제목이 좋으면 반은 성공했다고 합니다. 같은 레벨의 봄과 가을이 겨울과 여름의 자식이라는, 이런 논리에 맞지 않는 생각은 어른들은 감히 할 수 없지 싶습니다. 비록 논리성은 부족할망정 아이들의 생각과 표현은 그만큼 자유롭습니다.

이 시를 처음 읽었을 때 속으로 무릎을 쳤습니다. 표현과 발상의 참신함뿐만 아니라 말하고자 하는 메시지가 선명하여 초등생의 작품으로는 상당한 수작이었기 때문입니다. 시 공부를 제대로 한 것 같아 흐뭇하기도 했습니다. 어른들도 다루기 쉽지 않은 기후와 환경 문제를 기찬 비유로 풀어냈습니다. 정말 요즘은 봄과 가을이 너무 짧아졌습니다. 북극 빙하가 녹아 바다 수위가 높아지고 열대 과일이 우리나라 어디서나 재배가 가능해졌습니다. 지구 온난화는 계절의 규칙마저 바꾸어놓았지요. 이 시의 행간에는 많은 의미가 숨겨져 있습니다. 난쟁이가 된 봄가을의 키를 누가 본래대로 되돌려놓을 수 있을까요. 심각하게 고민해보아야겠습니다.

여러분! 부산 소재 전 초등학교를 대상으로 한 글짓기에서 최고상인 금상을 받은 작품이 있다면 궁금하시겠죠? 지금 이 글을 읽고 있다면 당신은 행운입니다. 정말 쉽게 접할 수 없는 훌륭한 동시를 만나게 될 테니까요.

봄을 차리는 요리사

봄 햇살은
봄을 차리는 요리사

251

새봄에 올 손님을 위해
봄 밥상을 차려요.

벚나무 가지에
하얀 꽃밥 지어 놓고
냉이꽃, 봄까치꽃, 광대나물
풀꽃 반찬 만들고
땅 위에는 파란 새싹
식탁보도 깔았어요.

나비와 벌 손님들
무공해 건강밥상
봄을 먹으러 오지요.

— 대변초 4학년 최연주,
꼬마시인학교 두 번째 시집 『하얀 꽃밥』 중에서

시가 가져야 할 중요한 요소인 비유와 서정성이 돋보이는 시입니다. 시를 시답게 하는 첫 번째 요소는 비유입니다. 비유가 없는 시는 풍경이 없는 풍경화 같은 거지요. 봄을 밥상으로 비유한 출발부터 이 시는 성공을 담보하고 있다 하겠습니다. 봄을 밥상으로 보면 그 밥상은 정말 풍성할 것 같습니다. 아지랑이, 남풍, 종다리의 지저귐, 봄비, 멸치잡이 통통배 소리, 개나리, 진달래, 벚꽃, 나비의 날갯짓, 달래, 냉이, 쑥 등. 차려진 요리들이 진수성찬입니다. 그런데 이 많은 요리를 하려면 훌륭한 요리사가 있어야 되겠죠. 그 요리사는 '봄 햇살'이랍니다. 얼마나 멋진 비유입니까. 멋진 비유는 이어집니다. 벚꽃은 하얀 쌀밥, 작은 봄꽃들은 반찬, 파란 새싹은 식탁보라니!! 놀랍지 않습니까? 그 풍성한 요리를 먹으러 오는 손님은 벌과 나비. 비유로 시작해 비유로 끝낸 시입니다. 그 속에 누군가를 보듬고 배려하고 베푸는 따뜻하고 고마운 마음이 담겨 있습니다. 어떻습니까? 금상을 받을 만하지 않습니까? 조금 아쉬운 점이 있다면 시작에서 봄을 차리는 요리사가 햇살이라고 너무 일찍 알려준 부분입니다. 앞 두 줄을 맨 마지막에 두었으면 읽어가는 내내 요리사가 누구지? 하는 궁금증으로 좀 더 재미있는 시가 되지 않았을까 싶네요. 그렇게 완벽하다면 아이의 시가 아니겠죠?

꽃게

꽃게가 바다에서
놀고 있습니다.

붕어랑 같이
놀고 있습니다.

잠수함도 같이
놀고 있습니다.

— 대변초 1학년 권민기,
꼬마시인학교 첫 번째 시집 『팝콘이 팡팡』 중에서

나는 이런 시가 너무 좋습니다. 이치에 맞지 않고 황당하기 짝이 없는 시 말입니다. 어린 민기가 먼 바다 속에서 놀고 있는 꽃게를 보

253

기나 했겠습니까? 어쩌면 TV 속에서나 생물도감 같은 데서 봤을
지 모릅니다. 꽃게는 게 중에서 참 예쁘게 생겼습니다. 그래서 꽃게
란 이름을 가졌겠지요. 잘하면 그 예쁜 꽃게는 바다에 산다는 정도
의 상식을 가졌을지 모릅니다. 그런데 꽃게는 붕어랑은 놀 수가 없
습니다. 붕어는 민물고기, 즉 강이나 호수에만 살 수 있기 때문입니
다. 그러나 민기에게는 바다와 민물은 중요하지 않습니다. 그냥 물
속에서 산다는 사실만 중요합니다. 여기까지만이었으면 중요한 과
학적 오류만 남기는 시에 지나지 않았을 겁니다. 다음 연에서 이 시
는 하늘로 승천하는 느낌입니다. 꽃게가 잠수함과 놀고 있다니? 꽃
게와 잠수함은 크기도 엄청 다를뿐더러 꽃게는 생명체고 잠수함은
쇳덩어리이지요. 이 세상 어느 누가 이 두 개체를 친구로 만들 수 있
단 말입니까? 이 세상에서 잠수함과 꽃게를 친구로 만들 수 있는 사
람은 오직 시인, 아니 꼬마 시인밖에 없지 싶습니다.

우리가 시를 지을 때 제일 경계하는 것이 기시감이라는 것입니
다. 어디서 본 듯한 시는 신선감이 떨어져 성공하기 어렵기 때문입
니다. 그런데 꽃게와 잠수함을 친구로 만든 시는 과거에도 앞으로도
없지 싶습니다. 이 시는 구성 면에서 또 하나의 장점을 가지고 있습
니다. 끝까지 '꽃게'라는 주제를 놓지 않은 점과 연과 연 사이가 징
검다리를 건너듯 경충경충 뛰어넘는다는 것입니다. 다시 말해 연과
연 사이가 충분한 간격을 가져 그 행간에 뭔가 의미를 찾아내는 재
미를 독자에게 주는 겁니다. 작가가 의도했든 안 했든 이러한 시작
론의 요소도 이 시에서는 찾아볼 수 있다는 것입니다.

자유로운 영혼은 정체해 있기를 거부합니다. 직관에서 비롯된 아

이 같은 엉뚱한 발상이야말로 새로운 패러다임을 구축하고 나아가 인류 문화 발전의 원동력이 되리라 봅니다. 그래서 시도 잘 쓰려면 아이들 마음으로 쓰라고 하나 봅니다.

구름 위를 나는 삽화

위 그림을 유심히 봐주십시오. 야자수가 있는 사막 가운데 그물
같이 생긴 피라미드가 있고 그 피라미드 아래 투탕카멘 같은 미라가

있습니다. 위쪽에는 해초 같은 게 떠다니는 물속에 작은 물고기, 피라미가 있고 아래쪽에도 피라미 한 마리가 또 있습니다. 더 유심히 보니 투탕카멘 가장 자리에도 해초가 있군요. 투탕카멘 그림은 아주 디테일합니다. 초등 2학년짜리 그림 치곤 너무 훌륭합니다. 이 그림은 해운대 신곡초 2학년 박인오 어린이가 그린 어떤 동시에 대한 삽화입니다. 어떤 동시인지 궁금하시죠?

피라미는
너무너무 작은데

글자 한 자 더 많은
피라미드는
무지무지 크다.

이집트 왕은
그 큰 무덤 속에

"나 찾아 봐라."

피라미처럼
꼭꼭
숨었다.

바로 제 동시 「피라미드」에 대한 삽화입니다. 투탕카멘과 동일 선상에 피라미를 둔 것은 '피라미처럼'이라는 비유를 강조하기 위한 조치 아닌가 싶고 피라미드를 그물처럼 표현한 것은 "나 찾아봐라" 했기 때문에 피라미 같은 왕을 잡기 위해서는 그물이 필요하다고 생각한 것 같습니다. 투탕카멘 가장자리의 해초도 '왕＝피라미'를 성립시키기 위한 의도이지 싶습니다. 어떻습니까? 정말 놀랍지 않습니까? 작품에 대한 이해력이 정말 대단합니다.

한 컷의 그림은 치밀한 생각의 깊이를 느끼게 합니다. 아이의 상상력은 작가의 의도를 앞서가고 있습니다.

내친김에 그림 한 장을 더 보겠습니다. 「녹색(綠色)」이라는 저의 작품에 대한 삽화입니다.

저 〈빨강〉이에요.
명자꽃 색깔이죠.

저는 〈파랑〉이에요.
달개비꽃 빛이 제 색깔이랍니다.

저도 있답니다.
개나리 색 〈노랑〉이지요.

저마다
예쁜 이름 가졌다고
자랑합니다.

'쟤들은 예쁜 한글 이름
다 있는데
나는 뭐야,
한자 이름이잖아.'

누구나 아시겠지만 색 중에 제일 고맙고 소중한 색은 녹색이라
할 것입니다. 녹색은 생명의 색이요, 희망의 색이며, 치유의 색이기
때문입니다. 풀, 꽃, 나무, 그 외 모든 식물들. 우리에게 온갖 혜택을
주는 자연은 모두 녹색으로 태어납니다. 햇빛에 반짝이는 푸른 잎과
바람에 물결치는 청보리밭과 싱싱한 향기를 내뿜는 푸른 숲은 녹색
이 전해주는 희망의 손짓입니다. 우리의 6월, 산을 보세요. 들을 보
세요. 생의 고달픔으로 심신이 피곤한가요? 눈을 들어 어디든 보세

259

요. 무엇이 보이나요? 그래요 녹색입니다. 생명이 펄럭이는 녹색입니다. 온갖 시름이 가시는 듯하다구요? 녹색은 위대합니다. 물질의 풍요뿐 아니라 정신적 안정과 서정적 정서도 녹색이 주는 혜택이지요. 세상에 녹색이 없다면 어떨까요? 물 한 방울, 나무 한 그루 없는 사막이나 황무지를 생각해보세요. 그러면 녹색의 소중함을 금방 알 것입니다. 결국 녹색은 생명의 원천이며 정신의 고향이라 하겠습니다. 그런데 우리 한글학자들은 좀 이상합니다.

적, 청, 황, 백, 흑 등. 색의 한자 표현에 대해 빨강, 파랑, 노랑, 하양, 검정 등의 예쁜 우리말이 있습니다. 그런데 유독 녹(綠), 녹색만 우리말 이름이 없습니다. 한글학자들의 실수이지요. 사람한테 제일 소중한 색깔인 자기한테만 한글 이름을 지어주지 않은 한글학자가 녹색은 원망스럽기도 하겠습니다.

그런데 이 그림을 보세요. 녹색의 불만을 기발하게 빗대어놓았습니다. 입학식 날, 그것도 색깔중학교 입학식 날입니다. 색깔중학교에 걸맞게 예쁜 색깔 이름 명찰들을 달았습니다. 즐거워 보이는 빨강, 파랑, 노랑 옆에 한글 이름이 없어 초라한 한자 명찰을 단 녹색의 불만이 적나라합니다. 작가가 하고 싶은 얘기를 단 한 컷의 그림으로 어쩌면 이렇게 일목요연, 통쾌무비하게 표현할 수 있단 말입니까. 그림에 담긴 해학은 또 어떻구요. 기상천외한 상상력에 혀를 내두릅니다.

뛰어난 예술을 창작하려면 아이처럼 생각하라는 말이 있습니다. 아이들의 삽화를 보며 이 말을 생각합니다. 아이들의 생각은 구름 위를 나는 새같이 자유롭습니다. 그것은 어른들이 자산으로 생각하는 경험이나 지식이 없는 직관의 경지이기 때문일 것입니다. 아이들의 창의력과 생각의 깊이에 잔뜩 고무되어 우리의 밝은 미래를 상상해봅니다. 저는 저의 작품보다 아이들 삽화 자랑이 먼저입니다, 이 그림들 좀 보라고. "얘들아, 고마워. 너희들의 훌륭한 그림 덕분에 선생님의 작품이 훨씬, 억수로 더 돋보이는구나."

행복한 느티나무 전교생 합쳐봐야 20명밖에 안 되는 하남초등학교에서 동요로 하나가 된 우리들. 노래하는 표정이 참 이쁘지요?

꿈을 그리는 아이들 내 동시에 삽화를 그려준 아이들과 함께
한 시간.

마음 빛 파노라마 꼬마시인학교 동시집이 네 권이나 나왔습니다.

꼰대와 스마트폰

하 빈 산문집